「ようちゃん！
まってよ、ようちゃん！」
「えへへ、またないよーだ！
だっておにごっこって
そういうものだもん！」
よつば
まきな
JN131403

「もしもわがままを言っていいなら、
真希奈と、呼び捨てで呼んで欲しいです」
小田真希奈
おだまきな
『天城マキ』という名前で
活躍している国民的アイドル。
ある日活動休止を電撃発表するも、
それと同時に幼馴染みである
四葉の下にやってきて……？

「ほんと。ほっぺもこんなに緩んじゃって」
「あ～……きもちい～」
「あはは、

四葉さん変な声」
「わたくしもお姉さまとデート中ですの！！」
「私、間四葉という人については常識に縛られてはいけないと思っているの」
小金崎舞
こがねさきまい
凜花と由那の仲を尊ぶ『聖域ファンクラブ』の副会長。時に厳しく、時に理路整然と、道に迷い続ける四葉に助言を与えてくれる。

百合の間に挟まれたわたしが、勢いで二股してしまった話　その3

としぞう

CONTENTS

toshizou presents
Art by Kuro Shina
YURI*TAMA

第一話 「もしもわたしの幼馴染みが国民的アイドルだったら」

YURI*TAMA

わたし、間四葉の人生は、今まさに絶頂を迎えている。

……と、言っても過言ではない。たぶん。きっと。

現在十六歳。華の高校二年生！

どっかの歴史の人が「人間五十年」って歌を歌ったらしい。

そこから考えてもまだ三分の一程度しか生きていないわたしだけれど、今の状況がいかにとんでもなくて、幸せなのか、さすがに理解しているつもりだ。

今まで孤独こそ一番の友達だったわたしに、高校に入ってすぐ、素敵な友達が二人もできた。

そして、出会って一年が経って……わたし達三人は付き合うことになった。

即ち二股！　わたしの知り合いの中でも随一の常識人である小金崎舞さんさえ、呆れや軽蔑を通り越して大爆笑してしまうほどの愚行である。

けれど、わたし達は大真面目に考えて、この関係にいたった。

百瀬由那ちゃん。

合羽凜花さん。

わたしなんかには友達でいてくれるのも勿体ないくらいキラキラした女の子。

生まれ変わったら彼女達になりたいなぁと思ったり、でも、そうしたら二人のことは鏡越しでしか見られないんだよなぁと思ったり……ついついそんな無駄な葛藤をしちゃったりする。

二人はわたしの憧れ。友達でも、彼女でも、もしもそうでなくても……大好きな存在。

そんな二人がわたしのことを好きになってくれて、勇気をふりしぼって告白してくれた。

わたしはそんなことになるなんて思いもしなかったからビックリしちゃったけれど、自称でも他称でも『バカ』という言葉が似合ってしまうわたしらしく、勢いのままどっちもOKしちゃって。

でも結果的にそれが全部上手く嵌まってくれたので、わたしは生まれて初めて自分のバカさ加減に感謝をしたのであった。どやぁ。

「お姉ちゃん、なに一人でドヤ顔してるの？」

「わっ、桜！」

わたしの栄光（過去）を振り返っていると、ばっちり妹に見られてしまった！

とはいえ今は夏休み真っ盛りな昼下がり。そしてここは我が家のリビング。

暇人らしく定位置であるソファを陣取り、テレビをぼーっと眺めているのだから、見てくださいと言ってるようなものだけど！

「はい。お茶淹れたからどうかなって」

「わぁ！　ありがとー！」

「そんなに感激されるようなことじゃないけど」

わたしの妹、桜は照れくさそうに顔を逸らす。今日も桜は可愛いなぁ。

「……なによ」

むすっと唇を尖らせつつ、でもちょっと照れくさそうに、桜は細やかな抗議を向けてくる。

「桜は今日も可愛いなって思って」

「う……ありがと」

桜はちょっと口元を緩ませつつ、わたしの隣に座った。

肩と肩が触れ合う——というか、ぴったりくっついて二の腕がむにゅってなるくらいの隣にだ。

「暑かったらどくけど」

「ううん、そんなことないよ」

自分から座ったのに不安になっちゃうところが桜ちゃんらしい。

そんなところもやっぱり可愛くて、お姉ちゃんは今日も幸せだ。

でも、桜ちゃんはちょっと前までプチ反抗期で、昼間からだらだらしている姉を見れば、むっと睨み顔を見せてきたものだった。

まぁわたしが頼りなくて、姉として尊敬できないのが悪いので、桜が悪いことなんか全然ないんだけど。

しかも、わたしが二股してることもバレてしまったのだ！

そのせいでさらに軽蔑されてしまい――と思いきや、桜ともう一人の妹である葵の二人からガチ告白を受けてしまうことに!?

そんなこんながあり、決して一般的な姉妹仲とは言えないかもしれないけれど、わたしと桜、そして葵――間三姉妹はよりわかり合うことができた。

結果オーライと片付けてしまえばそれまでだけれど、でも、桜がこうしてちっちゃい頃みたいに、当たり前に傍にいてくれるようになったのだから、嬉しい以外何も無いんだけど。

「桜、勉強は捗ってる？」

「まぁ、ぼちぼち。でも根詰めすぎても仕方ないから今はちょっと休憩中」

「そっか。もしかしてわたし邪魔？」

「そんなわけないでしょ。アタシから来たんだもん。それに……せっかく二人きりなんだからたっぷり充電しないと」

桜は少し照れながら、でもしっかり主張するみたいにわたしの腕に自分の腕を回してくる。

いや、でも、二人きりっていうのは――

「さては桜ちゃん。葵のこと見えてないなー？」

「ひゃっ!?　葵!?」

突然聞こえた三人目の声に、桜がその場で一瞬跳ねる。

声の主は半目でほっぺたを膨らませて桜を見上げていた――わたしの膝に頭を乗せながら。

「あ、葵、いつの間にそこに……!?」

「ずっとだよ。お姉ちゃんがぼけーっとテレビ見てたから、『膝枕して〜』って言ったら、『いいよー』って」

その通り。お姉ちゃんとしてはそんな可愛いおねだりをされれば当然断るという選択肢は無い。

でもさっきまで気持ち良さげに寝息を立ててたから、起きてたのにはびっくりだ。

「桜ちゃん、よっぽどお姉ちゃんしか目に入ってなかったんだね〜」

「うぐ……！」

にやにやとからかう葵に、桜は喉を詰まらす。

どうやら実の妹にイジられるのは特段効くみたいだ。

「でも残念！　お姉ちゃんのふとももは葵が予約済みですので～♪　はぁ～、良い香り。くんかくんか」

「ちょちょちょ、葵ちゃん!?」

太もも、というかほぼ股に顔を埋められ、桜ちゃんより先にわたしが叫んでしまう。

今はズボンを履いているから良かったけれど、もしもスカートとかだったら下着直撃で嗅がれてたかもしれなくて……今朝の部屋着選びをした自分に花丸をあげたい。

「あ、葵！　なんてうらやま……じゃなくて、お姉ちゃん困ってるでしょ！」

「えー、お姉ちゃん困ってる？」

ごろん、と寝返りを打ってうるうるした瞳でわたしを見上げてくる葵。ぐぅ！　きゃ、キャワワ……！

葵は元々末っ子っぽく甘えん坊気質だったけれど、例のガチ告白を経て、その甘えん坊っぷりにさらに磨きをかけていた。

元々葵にメロメロなわたしは更に骨抜きにされて、ちょっとやそっとの悪さには簡単に目を瞑っちゃって――

「お姉ちゃんだったら……ズボン、脱いでくれるよね？」

「ひうっ!?」

「お姉ちゃん……」

うるうると、捨てられた子犬のような健気な眼差しで見つめてくる葵。

それを見ていると、わたしの首も勝手に縦に動き出し――

「……お姉ちゃん」

「はっ!!」

冷や水を浴びせるような声にハッと意識を取り戻す。

あ、危ない危ない！

桜の助けがなかったらうっかりズボンもずるっと脱いでしまうところだった！

「葵も。お姉ちゃんがいくらバカだからってそれを利用して騙すなんて駄目よ」

「う……はぁい」

「桜がお姉ちゃんやってる！」

「わりとやってるわよ、アタシ……」

まるで、お姉ちゃんが甘やかしてばかりだから、と言いたげな顔だ。一理ある。一理どころか百理くらいある。お姉ちゃんは形無しだ。

「でも本当は桜ちゃんだってお姉ちゃんに甘えたいんだよね～」

「そんなの当然――じゃ、じゃなくて！　葵ぃ!!」

「邪魔しちゃってごめんね？　ま、どかないけど！」

「そこはどきなさいよ!?」

「えー？　じゃあ葵がどいたら、今度は桜ちゃんがお姉ちゃんに膝枕してもらうの？」

「それは……」

うぐぐ、と唇を噛む桜。

どうやら葵の指摘は図星だったみたい。でも、言ってくれれば膝枕くらいしてあげるのにな。

（あ、でも桜もお姉ちゃんだから、葵の前で甘えるのは恥ずかしいのかも）

長女のわたしにはお姉ちゃんはいないけれど、二人の前でお母さんとかお父さんにわがまま言っているところを見られるのは嫌だし、多分それと同じだ。

だから……もしも拒絶されなければ、今度二人っきりになったときには思いきり甘やかしてあげたい。

特に桜はしっかりしてるって思って、そういうの避けてきたわけだし。

「お姉ちゃん、なんでにやにやしてるの？」

「え？　してた!?」

「してた。ね、桜ちゃん」

「うん、してた」

「そこはバッチリ見てるんだね!?」

追い込み、追い込まれながらでもお姉ちゃんの表情ひとつ見逃してくれない妹達である。

「あっ、桜。スマホ震えてるよ」

ただ、お姉ちゃんだって意外と目ざといのである。

ローテーブルに置かれていた桜のスマホがなんかの通知を出していることをしっかり発見。

わたしと違って桜も葵も友達がちゃんといるので、連絡を無視して関係にヒビが入ったりしたら大変だ！

「別に、どうでもいい通知だと思うけど……」

そう言いつつ、渋々スマホを見る桜。

どうでもいいならそれでよし！……なんだけど、こういうのが積み重なると「口うるさい姉」と思われてしまうから厄介だ。

というわけで、どうか大事な通知でありますように！

「んー………ええええっ!?」

スマホを見ていた桜が突然素っ頓狂な声を上げた。

ま、まさか本当にとんでもない連絡が!?

「ど、どうしたの桜!?」

「あ、その……」

桜は動揺を露わに視線を彷徨わせつつ、一度ゴクリと生唾を飲み込んだ後、何度か深呼吸をする。

そして――

「天城マキちゃんが、活動休止って……」

……あまぎまき？

「えええええっ!?」

桜の言葉に真っ先に反応したのは葵だった。

わたし的には「……何の話？」という感じなんだけれど、葵には伝わっているらしい。

「天城マキちゃんって、あのマキちゃん!? 『シュスタ』の!?」

しゅすた？ しゅすたのまきちゃん……？

どこかで聞いたことがある気がしなくもない響きだけれど、中々脳内データベースにヒットしない。

おかしいな、頭の中、そんなに詰まってないと思うんだけど。

「ほら、葵。ネットニュースで発表されてる！」

「ほ、本当だ!? ガセじゃないよね……？」

「ガセだったら良いけど、事務所からプレスリリースが出てるって書いてあるし、本当じゃないかしら……」

「ウソーっ!!」

がばっと起き上がって頭を抱える葵(あおい)ちゃん。

桜もショックそうに呆然(ぼうぜん)としている。

そしてお姉ちゃんはついて行けてなくてぼけーっとしている（不可抗力）。

とはいえ、いつまでもぼけぼけしているわけにもいかない。

わたしはお姉ちゃん！　妹達(たち)が困っているなら、どんな内容でも力にならないわけにはいかない!!

「えーっと、活動休止ってことは芸能人かなにかの話？」

名探偵四葉(よつば)ちゃんは数少ない情報からそんな推理を決めてみる。

わたしとしてはわりかし的を射た推理なんじゃないだろうか、と自画自賛してみたり——

「「はぁ～？」」

ものっそい呆(あき)れられた!!

「お姉ちゃん、もしかしてマキちゃん知らないわけ？」

「ええと……し、知ってるよ？　でも、ちょっとヒントが欲しいかなーって」

「それ、知らないって言ってるみたいなものだよね」

うぐ……桜と葵から呆れたような目を向けられてしまう。

「ていうか、前にお姉ちゃんとマキちゃんの話したわよね」

「というか、6月までやってたドラマでお姉ちゃんがハマってたやつ、マキちゃんがヒロインやってたんですけど」

『ていうか』&『というか』の応酬!!

呆れも極まって、「マジかコイツ……」という念さえ感じ始めた頃、わたしの脳内データベースにようやく『アマギマキ』がヒットした。

「あ……天城マキってあのアイドルの?」

さっきと言ってることがあんまり変わっていないけれど、でも頭の中にはハッキリ、天城マキという超絶ウルトラ美少女の姿が浮かんでいた。

確か中学生くらいにアイドルとしてデビューして、『シューティングスター』というグループに所属。

最初期から不動のセンターに就き、グループでもソロでも売上ランキング常連にいたるまでの大ヒットを連発。

今ではドラマや映画で女優としても大活躍していて、まさに『国民的アイドル』って言葉が似合う人なのだ。

(確かに最近……どころじゃないか。ずっとテレビに出ずっぱりで、何年も、見ない日が無いくらいだもんなぁ)

そう思いつつ、なんで天城マキさんのことが全然ヒットしなかったかといえば……まぁ、簡単に言うとちょっとした僻みからだ。

だって、つらくない!?

天城マキさんはわたしと同い年。現在高校二年生だっていう。

なのにすっごく輝いてて、日本、いや世界中から愛されてて……神様あまりに不公平じゃありませんかって、彼女を知った当時のわたしは本気で僻んでいたのだ!

今思えば怖いもの知らずというか、アリ（単体）がゾウに喧嘩売るみたいっていうか。

でもその苦手意識が頭の中に根っこごと植え付けられていて、天城マキさんがテレビに出ているのを見ると、意識的にも無意識的にも目を逸らしちゃうようになっていた。

（アイドル……小さい頃は好きだったのにな）

小さい頃といっても幼稚園くらいの話だけれど。

そういえばあの頃、わたしと同じアイドル好きの――

――ピンポーン。

「あれ、宅配便かな」

家のチャイムが鳴って、すぐにそちらへ意識を向ける。

妹達はまだ活動休止のニュースに気を取られているみたいで、テレビのチャンネルを変えて、緊急報道しているお昼のワイドショーをまじまじと眺めていた。

「わたし、出てくるねー」

絶対聞いていないと確信しつつ、一応声だけ掛けて玄関に向かう。

そして玄関のドアに手を掛けて……先にインターホンに出た方が良かったかなとか今更思いつつ、今更なのでいきなり開けちゃうわたし。

「ふぐっ」

30℃後半を記録する猛暑らしい熱風が吹き込み、さらに快晴の空から降り注ぐ鋭い日差しに思わずドアも目も閉じてしまいそうになりながら、それでも頑張って外へと目を向けて——

わたしは、すぐにその暑さも眩しさも忘れてしまった。

「………え？」

そこにいたのは、一人の女の子だった。

身長はわたしより少しだけ高め。年齢は同じくらいに見えるけれど……でも、わたしとはまるで違う！

スラッとした立ち姿。大人びた色香のあるスタイル。

焦げ付くような太陽の光を反射してキラキラ輝く美しい長髪。

自信に満ちあふれた瞳。すっとした鼻筋。ほのかに微笑みを浮かべる唇。

まるで彼女が太陽の化身なんじゃないかと錯覚するくらいに、彼女は輝きを放っていた。

もちろん人が発光するわけなくて、これもわたしが感じた勝手な印象なんだけれど、なんというか凄まじいオーラが放たれているように思えてならない！

そしてわたしのような人間の姿をしたミジンコは生まれてきたことを懺悔しつつ消滅するのであった――

「……ようちゃん？」

「はぇ？」

「やっぱり、ようちゃん！」

彼女はただでさえキラキラしていた瞳をより一層輝かせ、わたしの両肩をがしっと摑んできた。

正直、それだけで心臓が止まったかと思った。

呼吸を忘れ、見入ってしまう。

スマホとかテレビの画面越しに見る何倍……ううん、何百倍も、彼女は煌めいていた。

「ようちゃん？　やっぱり、覚えていませんか……？」

不安げに、瞳が揺らめく。

そんな彼女に「忘れてしまったの」と視線で訴えられながら、わたしはどこか懐かしさを覚えていた。

ようちゃん、という言葉の響き。そんな風にわたしを呼ぶ人は家族にだっていない。

——ようちゃん！　まってよ、ようちゃん！

——えへへ、またないよーだ！　だっておにごっこってそういうものだもん！

幼い二つの声。その内一つは多分わたしのものだ。

そしてもう一つは……

「……まきまき？」

「っ!!」

思わず出てきた言葉に、目の前の彼女がすぐさま反応した。

目を見開いて、さらに目尻にじんわり涙を浮かべて……そして嬉しそうに微笑む。

その表情は、確かに見覚えのあるあの面影を感じさせた。

「え、本当に、あの、まきまき……？」

自分で言いながら、全然納得できなかった。

でも、口にした分だけ、実感みたいなものもあった。

まきまき——もう殆ど溢して無くしてしまった幼い頃のわたしの記憶、その僅かに残った中に存在していた、友達のあだ名。

「あぁ……やっぱり覚えていてくれたんですね、ようちゃん！」

彼女は、感激したようにぎゅっと抱きしめてきた。

友達に向ける当たり前みたいな行為——けれど、彼女がやるとどうしたって特別になってしまう。

「私、ようちゃんに会いに帰ってきたんだよ。ずっと、ずっと、会いたかった!!」

わたしは、力強く抱きしめられながら、でもその言葉の意味が分からなくて、ただただ固まるしかなかった。

でも、服越しに伝わってくる体温も、首筋をくすぐる吐息も、頭を揺さぶってくる美声も……全部がリアルで、間違いなく彼女はここに存在していて。

まきまき。それはわたしが幼稚園に通っていたときにできた友達。

わたしに友達がいたなんて自分でも忘れていたくらいだけれど、あの頃のわたしと今のわたしがまるで違うみたいに、彼女もあの頃とは全然変わっていた。


（あの『天城マキ』が……妹達、いや誰もが熱狂する彼女が、まきまき!?）


もはや説明不要。わたしたちの年代で最も有名な日本人……それが天城マキだ。

そして今日、今この瞬間、ＳＮＳではトレンドの一位を飾っているであろう時の人。

きっと誰もが彼女を捜し、彼女の言葉を聞きたいと思っている。

そんな特別な、誰からも愛される彼女が――今、わたしを思いっきり抱きしめてきている。

(ど、どどど、どーなってるの、いったい!?)

あまりにはちゃめちゃな状況に、わたしはただただ固まるしかなかった。

二股を乗り越え、姉妹の不和を乗り越え――

ようやく平穏を手に入れたと、ほっと胸を撫で下ろしていたわたしに投じられた一石。

当然、これが新たな波瀾の幕開けであったことは、わざわざ改めて言う必要も無いほどに明らかなのであった……!!

国民的アイドル、天城マキ。その本名は小田真希奈。

なんと、彼女の正体(?)は、わたしの幼馴染みであった!

彼女とわたしの関係を明かすには、まず幼稚園時代にまで遡る必要がある。

幼稚園に通っていた頃のわたしは、現在を抜かせば、まさに人生の絶頂に立っていたと言っても過言では無い。

幼稚園にはテストも運動会も無い。お遊戯会とか、みんなで鬼ごっこして遊ぶとか……

そんな単純なことに満ちた日常の中では、わたしのポンコツっぷりは露見せずに済んだ。

だからわたしは、同じ幼稚園のみんなと対等で、毎日一緒に遊んでて……真希奈ちゃん、まきまきと出会ったのもそんな幼稚園でだった。

まきまきとは初めて会ったときから気が合った。

わたしは当時から明るいだけが取り柄の微おバカキャラで、まきまきは大人しい子で。

傍から見たらでこぼこな二人だったけれど、とにかくわたしにとって、そしてまきまきにとって、お互いが一番の友達だったんだ。

一番の理由はアイドルだろう。

わたし達はテレビで見るアイドルが好きだった。歌とか、ダンスとか、ルックスとか……目に映る全てがキラキラしていて、それを見ているだけで自分も特別な存在になれた気がした。

時折わたしの家で、時折まきまきの家で、親に録画してもらった音楽番組を一緒に見ながら、目を輝かせて、わいわいきゃっきゃっとはしゃぐのが、わたし達にとって最高の時間だった。

――いいなぁ……わたしもああなれたらなぁ。

まきまきは、よくテレビを眺めながら羨ましげにそう呟いていた。

普段は内気で物静かなまきまきだったけれど、だからこそアイドルになりたいと憧れたんだろう。

——なんて、へんだよね。わたしなんかがアイドルなんて……

——ぜんぜん、へんじゃないよ！

そして、そんなまきまきを、わたしはバカなりに本気で応援していた。

——わたし、まきまきがアイドルになったら、いっしょうけんめいおうえんするよ！

ペンライトだっておもいっきりふるもん！

ぎゅっとまきまきの手を握って、不安そうに伏せた彼女の目を容赦なく見つめて、わたしは全力で伝える。

何度も繰り返したやりとりなので、まきまきだってわたしがそう言うって分かってたと思う。

——ようちゃん……！

にへっと無防備に笑うまきまき。

そんなまきまきの笑顔が好きで、わたしもにへって頬を崩して。

まきまきはいつかアイドルになって、わたしはそんなまきまきを応援する一番のファンになる！

幼稚園児ながらに真剣にそう誓い合いつつ、でも具体的に何かするなんてことの無いまま、わたし達は日々一緒に過ごし、遊んで、笑って——

でも、まきまきは卒園と同時にご家族の都合で引っ越してしまった。

まきまきがいなくなった直後、小学校に上がって、わたしの人生は長い氷河期を迎えることになった。

当然、幼稚園にはなかったテストとか運動会とかのせいだ。

なにをやってもダメダメなわたしに、周囲は呆(あき)れ、笑い、軽蔑し……「まきまきにこんなわたしを見られなくて良かった」って思いながら、次第にまきまきって友達がいたことさえ忘れてしまって——

「……まきまき、本当にアイドルになったんだね」

「はい。ようちゃんも知ってたんですね」

「も、もちろん！　有名だもん」

ついさっき、名前を聞いてもぱっと思い出せなかったのは内緒だ。

というか、彼女のこと自体すっかり忘れてしまってたわけで……罪悪感がすごい。

「……まきまきなんて呼んだら失礼かな」

そう殆ど無意識に呟いてしまった。

でも、本当にそう思うんだ。わたしなんかが、気安い態度取るなんて——

「やめてください、ようちゃん」

「え……」

「私は、たとえ『天城マキ』になっても、貴方(あなた)の『まきまき』なんですから」

「本当に嬉しいんです。大好きなようちゃんにまた会えて……会いに来れて、本当に」

わたしの両手を取り、ぎゅっと祈るように握りしめるまきまき。

その姿はとても絵になって、わたしは思わず息を飲んでしまう。

「い、いや！　わたしが言いたいのは、『まきまき』ってあだ名、ちょっと子どもっぽくない!?って話で！」

なんだか、そのままだと飲み込まれてしまうような気がして、わたしは咄嗟（とっさ）に適当な言い訳を口にした。

彼女は確かに幼稚園の時友達だった『まきまき』だ。

けれど、あの時のままじゃないっていうのも感じてる。

だって幼稚園児が高校生になるくらいの時間が経（た）ってるんだ。それに彼女はアイドルとして、その頂点に登り詰めるまで、きっとわたしじゃ想像もつかないほどの経験を積んでるはず。

少なくともあの頃のような内気さは一切無く、芯から大人っ！って堂々とした感じが伝わってくる。

「真希奈、まきちゃん……マッキーとか？」

「わたしの……？」

「最後のはまきまきより子どもっぽくないですか?」

「はっ、確かに!」

「まぁそう呼んでくる大人もいますけどね……」

どこか遠い目。たぶんあまり嬉しくない呼ばれ方なんだと思う。

「無理やり距離を詰めようとする人に多いんです、いきなりあだ名で呼ぼうとするの」

「な、なるほど」

「って、ち、違います! 別に牽制したとかじゃなくて……すみません、私、ようちゃんと会えたからって気緩みすぎですね……」

しょんぼりと肩を落とすまきまき……じゃなくて! ええと……

「気にしないで! 全然大丈夫だよ、まきちゃん」

「……ちゃん」

「あ、ごめん!」

「いえ、ようちゃんが呼んでくれるなら何だって嬉しいですけど……でも」

「でも?」

「もしもわがままを言っていいなら、真希奈と、呼び捨てで呼んで欲しいです」

「呼び捨てで?」

「『マキ』は、たくさんの人に呼ばれる名前ですから……」

そっか。アイドルとしてそれこそ彼女が知らない誰かからも呼ばれまくってる名前だ。

マキも、マキちゃんも……もしかしたらマキマキって呼ぶ人もいるかも。

けれど、天城マキは本名を公表していない。彼女を本名で呼ぶ人は、そりゃあ芸名に比べれば遥かに少ないはずだから——

「じゃあ……真希奈って呼ぶね！」

「はいっ！」

まきまき改め、まきちゃん改め、真希奈はニッコリと曇りない笑顔を浮かべた。

「あっ、こんなところで立ち話もなんだし、上がってよ！　妹達も驚くと思うよ」

「妹って……あっ、桜ちゃんと葵ちゃんですか？」

「うんっ。真希奈が知ってるのはまだこんなにちっちゃい頃だと思うけど、今じゃ華のJCなんだから」

「そうですよね、もうそれくらい……でも、いきなり顔見せたら驚かせてしまうかもですし」

「そっかぁ……そうかも」

二人は真希奈の活動休止報道を見て大騒ぎだったわけだし、本物の彼女を見たら卒倒しちゃうかもしれない。

「それに、すぐに会えますから。ほら、あれ見てください」

真希奈に促され道路に出る。

すると、斜め向かい——以前、真希奈が住んでいた家の前に大きな引っ越しトラックが停まっているのが見えた。

「あそこにまた引っ越してきたんです」

「そうなんだ！」

「はい、ちょうど売りに出てたので」

売りに出てた、ということは買ったってこと？　いや、普通にご両親……あのおじさんとおばさんが買い直したってこともあるか。

でも、国民的アイドルだもんなぁ。家くらい買えちゃっても不思議じゃないかも……すごい。すごすぎて分かんないくらいすごい。

「ん……？　てことは、またこっちに引っ越してくるってこと？」

「今まさに、です」

「あ、そっか。引っ越しの最中だ……」

「ふふふっ。ぜひ、ご近所付き合いしていただけると嬉しいですっ」

「も、もちろん！」

アイドルが近くに住む。そう考えると少しどきどきしちゃう。

けれど、幼馴染みの真希奈と、また一緒にいられるようになるって思ったらわくわくする。

「だから今日は引っ越しでバタバタしちゃって。この後も戻らないといけないんです」

「あ、そっか！　引き留めちゃってごめんね」

「いえ！　むしろ私が、一秒でもようちゃんと一緒にいたかったから……本当にこのまま持って帰りたいくらい」

「え？」

「……なんて、冗談ですよ」

ぺろっと舌を出しておどける真希奈。

そ、そうだよね、冗談だよね！

一瞬本気かと思って、どきっとしてしまった。

これが国民的アイドルの演技力……わたしみたいな一般人以下の存在からしたら、コロッと騙(だま)されて、気が付いたら貯金全部振り込んでしまっていそうなくらいの破壊力を感じさせた。

「なので、明日お時間いただけませんか？」

「明日？」

「もしも予定が空いていればでいいんですけれど、お昼過ぎの……十四時はどうでしょう」

「十四時ってことは……二時、だよね。うん、大丈夫だよ」

「良かったぁ……！　それじゃあ私の家に来てもらってもいいですか？　せっかくなので
お家の中、ようちゃんに見せたいですし」

「うん、いいよ！」

こうして約束を交わしていると、なんだか本当にあの頃に戻ったみたい。

わたしの家と、真希奈の家と……よく行き来したなぁって。

「ふふっ、その顔」

「え？　わたし変な顔してた!?」

「いいえ。ただ……きっとようちゃんも私と同じ事考えてるんだろうなって思って」

「あ……ていうことは、真希奈も？」

「はい。あの頃のことは、私にとって一番の宝物ですから」

「そんな、おおげさだよ」

真希奈はアイドルになったんだ。

わたしなんかより、ずっと濃厚で、キラキラした、誰もが憧れる世界で生きてきたんだ。

むしろわたしのことなんか覚えてたのが奇跡みたいなものだ……と、真希奈のことを忘
れちゃってたわたしが言うのは皮肉みたいになっちゃうけれど。

「それじゃあ、ようちゃん。明日、忘れずに来てくださいね。遅刻厳禁ですからっ」

「うん、また明日！」

真希奈はそう言い、そそくさと家の方に戻っていった。

わっ、引っ越しの人全員女性だ。それでもみんな、真希奈を見てタジタジになってる。

そりゃそうだよなぁ……なんたって天城マキだもん。

「天城マキが、まきまき……いや、真希奈かぁ……」

世の中、不思議なことはいっぱいある。

由那ちゃん、凜花さんみたいな誰もが憧れる美少女が、わたしのことを好きになってくれたり。

桜、葵という良い子すぎるできた妹が、わたしに姉妹を超えた感情をもっていたり。

そんな信じられない事実を体験してもなお、今回発覚した新事実にはやっぱり驚かずにはいられなかった。

真希奈は夢を追いかけて、叶えてたんだ。

でもわたしは、そんな天城マキを真希奈だって知らず、別の世界の住人だって勝手に遠ざけてて――

「わたし、本当にダメだ……」

きっと真希奈は、本当のわたしを見てるわけじゃない。

本当のわたしは、みんなが失望して、離れていった――ひとりぼっちが似合うわたしだ。

真希奈のことも忘れて、応援するって言ったのに、自分のことで手一杯になっちゃうような……

「……ううん、勝手に諦めちゃだめだ」

また、真希奈と会えたんだ。

きっと真希奈も、わたしの知らない真希奈になってるんだと思う。

お互い幼稚園が最後で、高校生になって、しかも向こうはアイドルになってて。

でも、今日、また会えたことは確かに嬉しかったから。

もっと話したいって、仲良くなりたいって思えたから。

「ふぅ……そっか、夢叶えたんだね、真希奈」

だから今は嬉しい気持ちだけ持っていよう。

また明日って、約束したんだから。

「……って、すっかり長話しちゃったし、桜たちも心配してるかも！」

そう思い、慌ててリビングに戻る。

だってわたしって玄関で長話するタイプじゃないし！

今頃二人とも、そわそわしつつ声を掛けるべきかどうか悩んでいるところかも――

「わっ、桜ちゃん！　今5チャンで会見の映像流れてるって！」

「えーっと、5チャン5チャン……あっ、ほんとだ！」

「…………」

全然まったく、心配なんかされてなかった。

むしろ未だマキちゃん活動休止ショックから解放されず、おそらく事前に収録されたものだろう、活動休止会見に夢中になっている。

「学業集中だって……でもいつまでだろ」

「プロフィールだと、今高二よね。受験って意味なら再来年まで……でも、大学でも勉強頑張るってことならそれ以上かしら……」

「えっ、そんなに!?」

二人の可愛い妹は、お姉ちゃんの長話なんかより、期間不定で活動休止する国民的アイドルの方が気になるらしい。

いや、まぁ、そりゃそうだろうけどさ。

お姉ちゃんなんて年がら年中家にいるわけだし。

むしろ「お姉ちゃん、少しは学業集中したほうがいいんじゃない？」なんて思われてそう。

（まぁ、そのマキちゃんがたった今うちに来てたんですけどね……）

そう思いつつ、でも口にはしない。

だって、言ったら二人の気を引くことはできるかもしれないけれど、それはマキ――真希奈であって、わたしの力じゃないし。

それに、二人がお姉ちゃんなんかよりマキちゃんが良いってなったら、寂しいし。

……なんて、みみっちいことを考えつつ、わたしは盛り上がる二人を尻目に晩ご飯の献立を考え始めるのだった。

あっという間に翌日！

「それじゃあ、お姉ちゃん出掛けるから～……」

「「え？」」

お昼ご飯を終え、外出用におめかししたわたしに対し、妹達は見事に怪訝そうな顔を見せてくれた。

「今日、デートって聞いてなかったけど」

「由那先輩も凛花先輩も心当たり無いって」

「ちょ、わざわざ二人に確認したの!?」

「当然。お姉ちゃんに不審な行動あったらすぐに教えてって先輩達からも言われてるし」

「ねー」

いつの間にそんな連携を!?

「デートは明後日なのよね」

「しかも二人まとめて、三人で」

想像以上に筒抜け!!

もちろん出所は由那ちゃん凜花さんだと思うので別にいいけれど、こりゃあ悪いことできないなって。

「で、お姉ちゃん。どうしてデートでもない今日、おめかしして外出しようとしているのかしら」

「ふぇっ」

「先輩達に会うでもなかったら、そんな小綺麗な格好しないよね～」

「桜……葵……?」

じとーっと見てくる二人。

なんとなくデンジャラス……じゃなくて、デジャビュな感じがするけれど、心なしか以前に増して強い感じがする。

「まさかと思うけれど……浮気?」

「ち、違うよ!?」

「本当にぃ?」

「浮気なんかするわけないよ！　わたしは誠実さを売りに生きてるんだから！」

「「………………」」

「……ごめんなさい。二股はしちゃってる、けど」

勢いで言い訳してたら、完全に墓穴を掘った。

いや、もちろん自分なりに誠実なつもりだし、誠実ゆえの二股——って、これ言えば言うだけダメなやつだ。

とにかく——

「今日は、ちょっと友達と会うだけだよ」

「前もそう言ってなかった？」

「言ってた」

「うぐ……でも今度は本当に友達！　彼女じゃなくて友達！」

二人からの追及は強くとも、今度はまったくの真実なので、お腹の奥から思いっきり言い切ることができる！

「うっ……！」

「マジのお姉ちゃんだ……!!」

マジのお姉ちゃんを前に怯む二人。

そりゃあ友達に会うにしちゃあ気合い入ってるって思われても仕方ないけれど、相手は真希奈だもん。

芸能界で目が肥えているだろうし、わたしだってできればダサいとは思われたくない。

「今日はあれだけどさ、今度ちゃんと二人にも紹介するから！」

「そこまで言うなら……」

「うー……わかった！」

二人もようやく納得してくれたみたい。

ちょっと出掛けるだけで気にしすぎじゃないかって気もしなくもないけれど、二人ともわたしを心配してくれてるだけなんだよね。

問題があるのは心配させちゃってるわたしの方だ。

だから、桜にも葵にも、そして由那ちゃんにも凜花さんにも。

もっとわたしは信用されるよう頑張らなきゃいけないんだ！

真希奈との再会が、その一歩になったらいいな……いや、その一歩にする！

「それじゃあ行ってきます！　晩ご飯の準備までには戻るから！」

わたしはそう密かに意気込みつつ、家を出発するのだった。

「いらっしゃい、ようちゃん。どうぞ、上がってください」

「う、うん」

家を出て、数十秒。

真希奈の家のインターホンを鳴らすと、その音が止む前に真希奈が出迎えてくれた。

改めて見ても……本当に天城マキだ。

目の前にいる真希奈は、やっぱりアイドルって感じ。

ゆったりとしたルームウェアを着こなしつつ、でもだらしなくない。

とにかく可愛い――ファンなら涙して拝みそうな、本物のオフショットだ。

「ご、ごめんなさい。ようちゃんと会うから、どんな格好しようか悩んだんですけど……普段の私を見せた方が、ようちゃんもリラックスできるかなって」

「そ、そうなんだ」

真希奈的に肩の力を抜いていても、わたし的には天上の存在だ。

それこそ、わたしの着てきた服が幼稚に思えてしまうくらい――

「ようちゃん、すごく可愛いです！」

「え？」

「ようちゃん自身も、コーデも、すごく『ようちゃん』って感じで！」

それって褒められてるのかなぁ……と思ってしまうのは、わたしがわたしのことをよく知っているからで。

でも、真希奈的にはわたしはあの華々しい幼稚園時代で止まってるから……うん、褒め言葉！　これは褒め言葉ってことにす――

――がばっ！

「りゅっ!?」

なんでかいきなり、真希奈が抱きついてきた!?

「ああ、ようちゃん……本物のようちゃん。想像の何倍もあったかい……」

「ま、真希奈？　どうしたの!?」

ちょっと苦しくなるくらい思いっきり、頬と頬を擦り合わせるみたいに抱きしめてくる真希奈に、わたしはただただ戸惑うことしかできなかった。

だって真希奈はアイドルで、それを抜きにしたってわたし達は幼馴染み同士。友達なんだ。

なのに、このハグはまるで――

「あっ……ごめんなさいっ！　つい、感極まってしまって」

「う、ううん！　全然、大丈夫！」

慌てて離れつつ、申し訳なさそうに謝ってくる真希奈に、わたしはなんでもなかったみたいに返す。

同時に、絶対にありえない直感を頭の奥底にしまいこんだ。

「それじゃあようちゃん。こっち、どうぞ」

「うん」

真希奈に手を引かれつつ、廊下を歩く。

この手を握るために、ファンの人達はＣＤをたくさん買ったり、長い列を作って待ってるんだと思うと変な罪悪感を感じずにはいられない。

「ようちゃん。実はまだ、部屋は片付いていなくて……リビングでもいいでしょうか？」

「う、うん、全然大丈夫！」

引っ越す前と同じレイアウトなら、真希奈の部屋は二階だろうか。ちょっと気になるけれど……でも、さすがにアイドルの私室に入るのはハードルが高すぎる！

「お茶淹れますね。ええと、麦茶と紅茶、どちらがいいですか？」

「あっ、わたし淹れるよ！」

「なんでようちゃんが入れるんですか。招待したの、私ですよ？」

ついテンパる私に、クスクス笑う真希奈。

それが余計に恥ずかしくて、つい顔が熱くなる。

「じゃあ、麦茶で……」

「はい。ソファに座って待っていてください」

言われるがままソファに腰掛け、手持ち無沙汰にリビングを見渡す。

ぱっと見の印象は、質素だった。

テーブルやイス、ソファにテレビ……およそ、リビングにあるであろうものは一通り揃(そろ)ってはいるけれど、飾りっ気は一切無い。

勝手なイメージだけど、芸能人の家ってなんか高そうな観葉植物だったり、壺(つぼ)だったり、絵画だったりが飾ってありそうなものだけれど。

「お待たせしました」

きっと予(あらかじ)めポットか何かに作ってあったんだろう、真希奈はキッチンからすぐに戻ってくると、ソファ前のローテーブルに麦茶の入ったグラスを二つ置く。

そして、わたしの横にぴったりくっつくように腰を下ろした。

「ま、真希奈？　近くない!?」

「そうですか？　でも、ようちゃんと私の距離感ってこうだったじゃないですか」

動揺するわたしに対し、真希奈は首を傾(かし)げるだけ。離れようとは一切しない。

この距離は……そう、まるで恋人の距離だ。

由那(ゆな)ちゃんや凜花(りんか)さんが甘えてくるときの距離。

でも、そう思うのは過剰なのかな……真希奈の言う通り、全然普通なのかもしれない。

「そ、そういえばおじさんとおばさんは？　昨日も見かけなかったけど、二人ともお仕事？」

「あぁ……あの二人はここには住みませんよ」

「え？」

「ここに暮らすのは私一人です」

ほんの少し冷たさを感じさせる声で、真希奈は答える。

まるで線を引かれたみたいな感じ。これ以上聞いてくるな、とバカなわたしにだって察せられるくらいの拒絶。

「そ、そうなんだ」

わたしはただ気まずげにそう返すしかなくて……微妙な沈黙が真希奈との間に流れる。

「じゃ、じゃあ大変だよね。一人暮らしってことでしょ？」

「そうなりますね。でも、いいんです。ずっと誰かに囲まれて生きてきたので、こういう時間が欲しくて」

「そういえば、活動休止するんだよね。たしか、学業に集中するって」

「はい。アイドル活動をしながらですと大学受験にも集中できないので。それに……」

真希奈はわたしの手を握る力を強くする。

どうにも、真希奈の一挙手一投足が、形以上の意味を持っている気がして落ち着かない
……これがアイドルの力なんだろうか。

「ようちゃんに、また会いたかったから」

「ふぇ……」

とか思ってたら、真っ直ぐ言葉でぶつけられた⁉

「ここ最近は、ようちゃんに会いたい一心で仕事してましたから」

「そ、そんな大げさな⁉」

「具体的には一年半ほど」

「具体的だし思ったよりずっと長い‼」

「活動休止したいと思い至ってからも、既に決まっているスケジュールや契約の都合上、すぐに休止できるわけではありませんから……」

ほえー……大人の事情ってやつだ。

基本行き当たりばったりで生きているわたしとは全然違う。

「ん？　じゃあ一年半前から活動休止しようって決めてたって事？」

「そうです」

真希奈はわたしと同い年。

だから一年半前だと、ちょうど高校生になったタイミングだ。

でも、素人意見ではあるけれど、高校生なんてまさにこれからが全盛期って感じがするけれど。

中学生までだと規制とか大変そうだし、ドラマとかでも高校が舞台のものって多い。

それに天城マキは既に国民的アイドルとはいえ、右肩上がりの真っ只中だ。

停滞してるでもなく、グングン成長を続けている——そこに自分でストップをかけるのは、すごくもったいない気がする。

「……高校生活は一度きりですから」

わたしの思考を読んだみたいに、真希奈は苦笑した。

さすがのわたしにも、その言葉の頭に、「本当の」と付くことは理解できた。

「それに、ようちゃんと……」

「わたし？」

「…………」

真希奈は少し、躊躇うような仕草を見せた。

どこか弱々しくて、守ってあげたくなる感じ……すごく気になる。

「真希奈」

「……ようちゃんは、覚えていますか。私との約束……」

「約束……あっ、真希奈がアイドルになるっていう」

言いながら、胸がズキッと痛んだ。

だって、わたしだって応援するって言ってたのに、真希奈がアイドルになってるなんて思ってもいなくて、天城マキからは目を逸らし続けていたんだから。

もしかしたら真希奈はそれに気が付いていて……でも、アイドル活動を休止するほどの理由になるだろうか。

「ようちゃん？」

「え？」

「もう。どうしてようちゃんが暗い顔するんですか」

「えっ、してた!?」

「してましたよ。もう、相変わらずようちゃんは予測不能ですね」

「ご、ごめん」

真希奈の話を聞いていた筈なのに、気が付けばわたしが心配されてしまっていた。

うう、全部勝手に出してしまうこの顔がいけないんだろうか。

「むぐぅ～……」

「よ、ようちゃん!?」

おしおきの意を込めて、自分のほっぺたを思いっきり引っ張る。

「……いたひ」

「あ、当たり前ですよ！　おもちみたいになってましたよ!?」

わたしの突然の奇行にも、真希奈は引くことなく本気で心配してくれる。優しい。

「頬、腫れていませんか？　見せてください。ようちゃんの可愛い顔に跡でも残ったら大変――」

真希奈はそう言って、わたしの顔を覗き込みながら頬に触れ……固まった。

「……真希奈？」

真希奈は動かない。

瞬きもせずに、じっとわたしを見つめてくる。

吐息が触れ合うんじゃないかって思える距離。

そんな真希奈を前に――わたしも、変に緊張してきてしまった。

（あらためて、正面から見ると、本当にすごく可愛い……！）

月並みな感想しか出てこないけれど、もう、めちゃくちゃ可愛い。

女のわたしでも惚れちゃいそうなくらい、嫉妬するのがバカらしくなるくらい可愛い。

ここまで近くで見ればすっぴんだって分かるけれど、素の状態でもまつげは長いし、毛穴も殆ど見当たらないし……これがアイドル？　本当に同じ生物!?

「「…………」」

でも、わたしが真希奈に見とれるのは当然として、なぜ真希奈は固まっているんだろう。

瞳を、頬に添えた手を震わせながら――

「……え？」

真希奈の左手が、わたしの肩を押さえるように掴む。

そして、わたしが彼女の名を呼ぶ前に、真希奈はぐっと力を込めて、ソファの上へ押し倒してきた。

「真希奈……？」

「……ようちゃん」

真希奈の声には熱があった。

まるで隠そうとして、けれど隠しきれないみたいな、滲み出てくる熱が。

心臓が早鐘を打つ。

「そんなわけない」って分かっているけれど、でも、真希奈はじっとわたしを見つめたまま——

「……ねぇ、ようちゃん」

鼻先がかするほどの距離。

真希奈はわたしを押し倒すような形で、真っ直ぐ見つめてくる。

「もうひとつの約束……いいえ、私のお願いを、ようちゃんはもう、覚えてくれてはいませんか？」

「え……？」

もうひとつの約束。お願い。

わたしにとって、それは予想外の言葉だった。

アイドルになる以外の約束……？

真希奈の雰囲気から、それが日常的に交わす簡単なものじゃない——それこそアイドルになる約束に匹敵するかそれ以上の意味を持っていたってことは分かる。

（でも……そんな約束あったっけ……？）

幼稚園に通ってた頃のことなんて、本当に断片的にしか覚えていない。

けれどこうして真希奈と再会して、当時のことも少しずつ思い出してきて……でも、当然全部じゃなくて、その約束、お願いの内容は……ええと……うーん……

「……やっぱり、覚えていませんよね」

「あ……」

残念そうな響きと共に、真希奈の顔が離れていく。

胸の奥がズキリと痛んだ。

せっかくまた会えたのに、わたしは真希奈を裏切ってばかりだ。

何か言葉を掛けたいと思っても……真希奈の言う通り、わたしは思い出せてない。

そんなわたしが何を言っても空々しいだけ——

「気にしないでください。だって、ずっと昔のことですもん」

「でも……真希奈は覚えてるんだよね？　だったら、今それを教えてくれれば——」

真希奈は、わたしの口に人差し指を押し当て、言葉を押しとどめる。

「いいんです。今、わたしが願いを口にしても、あの日のわたしの思いが、ようちゃんに伝わるわけじゃないですから」

「真希奈……」

「その代わり、今の私のお願い……を聞いてはもらえませんか？」

「今の、真希奈のお願い……？　う、うん！　聞く！　ききゅよっ!!」

思わぬ挽回のチャンスに、わたしは勢いよく頷く。おかげで思いっきり噛んじゃったけど。

「ふふっ、こういうところは変わりませんね」

「う……お恥ずかしい限りで……」

「いいえ。ようちゃんのその真っ直ぐで、思い切りのいいところに私は何度も勇気を貰いました。わたしにとってようちゃんは憧れそのもので、わたしにとっての『王子様』で……」

「お、王子様!?」

「だから、ようちゃん」

真希奈は再び、わたしに覆い被さるみたいにソファに両手をつく。

壁ドンならぬ、床ドン――ソファドン？

なんて一瞬間抜けな思考に邪魔されつつ、わたしは真希奈を見つめ返す。

綺麗な顔――でも、アイドルとして見せる凛々しさより、小さい頃の自信が無い感じを思わせた。

「お願いです、ようちゃん」

「うん」

真剣な真希奈に、わたしも真剣に頷く。

幼馴染みのお願いなんだ。不義理を働いてしまった分、わたしなりに全力で応えたい。

だから――


「どうか、私と恋人になってください!!」


うん。そっか。

恋人になってください、かぁ。

そうだね、それが真希奈の願いなら、恋人に――

(……恋人に？　なってください……？)

……？

………!?

「えええええええええええええっ！！？」

そんな全く予想外の、思いもしなかった彼女の願いに、わたしは真希奈の顔に唾が掛かるのも気にする余裕も無く、思いっきり腹の底から叫んだ。

だって、真希奈は国民的アイドルで！

わたしのたった一人の幼馴染みで!!

そんな相手から、告白されてしまったんだ、わたしはっ!?

幕間Ⅰ 「百瀬由那」

桜ちゃんからのメッセージに気が付いたのは、お昼過ぎ——起きてすぐのことだった。

昨晩はちょっと寝付けなくて、ちょっと気になっていたマンガを電子書籍で買って……そしたら思いのほか面白くって、どんどん読んで、次の巻を買って、読んで、買ってを繰り返して、気が付けば朝になってしまっていた。

それから寝て、起きたらもうこんな時間で……

こんな自堕落な生活ができるのも夏休みだから……ううん、前のあたしなら、それでもきっとやらなかったと思う。

(ちょっとダメなところ、四葉ちゃんのが移ったのかしら)

そう思うと、自然と顔がにやけちゃう。

あの子のちょっと抜けてるって思っていたところ、実はちょっと羨ましかったから。

まるでそよ風にただよう綿毛みたいな女の子。

四葉ちゃんを見ていると人生はもっと自由でいいんだって思える。

（まぁ、四葉ちゃんが夜更かししたって言ったら、『肌に悪いわよ』って叱っちゃいそうだけど）

でもいつか、二人揃って夜更かししてみたいかも。

好きなマンガの話を延々としたり、二人とも苦手なホラー映画を観てわーきゃー騒いだり……

あ、あとは時間も気にしないで、まったりしながらいちゃいちゃ過ごしたり……

凜花は起きていられないタイプだから、この時ばかりは四葉ちゃんを独り占めね。

ああ、はやくそんな日が来ないかしら。むしろ積極的にセッティングしちゃってもいいくらいかも！

それこそ、学校が始まる前の方が都合つきやすいかな？

せっかく夏休みなんだし、夜更かしのハードルだって低いというのはあたし自身で証明済み！

「よーし、さっそく四葉ちゃんに予定聞いて——あっ、そうだ。桜ちゃんから連絡きてたんだった！」

スマホを開いて、通知が来ていたことを思い出す。

送り主は間桜ちゃん。四葉ちゃんの妹さん。

夏休みに入ってすぐ、あたし達の関係は二人の妹さんに露見してしまった。

あたし、凜花の二人との二股によって四葉ちゃんは妹さん達から見限られ、姉妹仲は最悪に——となるかと思われた直後、なんと妹さん達も四葉ちゃんに並々ならぬ感情を抱いていたらしく、

——簡単には譲りませんから。

結果的に姉妹として落ち着いたって四葉ちゃんは言っていたけれど、直接会った時に言われたあの言葉は、明らかに挑戦的なもので……

たぶん、わたし達と妹さん達の関係を一言で表すのであれば、「恋敵（ライバル）」というのが正しいんだと思う。

だって、桜ちゃんも、もう一人の妹である葵（あおい）ちゃんも、傍（はた）から見てかなり四葉ちゃんラブな感じだし。

でも……そんな桜ちゃんだけれど、あたし的にはすっごく仲良くしたい！

だって大好きな彼女の妹なんだもん！　仲良くしたいに決まってる！　可愛（かわい）いし！

いつかちゃんと四葉ちゃんの彼女として認めてもらって、あわよくば、「由那（ゆな）お姉ちゃん」って呼ばれるようになれたらなー、なんて……ちょっと欲張りすぎかしら!?

というわけで、一緒にプールへ行った機会に連絡先を交換し、以来ちょくちょく連絡をとりあっているのである。

幸い桜ちゃんは受験勉強の真っ只中（まっただなか）。しかも志望校はあたし達の通う永長（えいちょう）高校という

ものだから、勉強の相談を中心に桜ちゃんから連絡をくれることも多い。

勉強といえばあたしの得意分野！　なんたって学年一位だし！

あたし的には家庭教師とか、直接勉強を教えたっていいくらいなんだけど、さすがにそれはまだ実現に至っていない。

というわけで、今日もきっと勉強の相談だろうと思いつつ、好感度アップに向け、はりきってチャットアプリを起動した。

『由那先輩。今日お姉ちゃんとデートの約束してますか？』

「……んん？」

思いも寄らぬ質問に思わず首を傾げた。

今日は一日フリーだ。四葉ちゃんとデートの予定があるなら、夜更かしなんかしないし。

あと、凜花も四葉ちゃんとは約束していなかったはず。

だとすると……？

『ええと、してないけど、どうして？』

嫌な予感に、指が震える。

まさかぁ、と笑い飛ばしたいけれど、相手はあの四葉ちゃんだ。

常識破りで予測不可能。そんなところがたまらなく好きではあるのだけど、同時に怖くもある。

いつか、彼女はまったく予想だにしないほど突然に、あたしたちの前から消えてしまうんじゃないかって……

（ううん、そんなの考えすぎよ）

自分にそう言い聞かせつつ、深呼吸して落ち着かせていると、桜ちゃんからメッセージが返ってきた。

『お姉ちゃん、朝からおめかしして、なんだかそわそわしていたので』

ぎゅっと心臓が握りつぶされるような錯覚を覚えた。

まるでデートに行く前のあたしみたいな、そんな四葉ちゃんの仕草。

相手はあたしでも、凜花でもない。

「……だ、大丈夫。なんでもないことよ。たとえば……そう、友達と遊びに行くとか！」

もはや、口に出してしまっている時点で落ち着けていなかった。

これが苦し紛れに言ってるだけだってことは分かってる。

もちろん四葉ちゃんが他の誰かとデートしてるなんて、そんな風に疑ってるわけじゃない。

でも、じゃあ本当は何をしているのかを考えると……それもまったく分からなくて。

「……なんて、こんなに気にしちゃうの、束縛キツいって思われちゃうかな」

もしも四葉ちゃんに知られれば、嫌われないにしてもモヤッとさせてしまうかもしれない。

「凜花には、伝えた方がいいかしら……」

もしもあたしだったら、四葉ちゃんのことならなんだって知っておきたい。

でも、このモヤモヤを凜花にも押しつけるみたいで気が引ける。

(それに、ただの杞憂かもしれないし……)

ベッドに、仰向けに倒れながら、あたしは深く溜息を吐いた。

……自分の弱さが嫌になる。

高校に入るまでは、こんなにどうしようもなく誰かを好きになることなんか無いって思ってた。

そして、そんな感情に振り回されるほど、自分が弱いとも……

——わたし、どんな百瀬さんも好きだよ。いつもの笑顔も、ちょっと子どもっぽいしたり顔も。それに、ちょっと落ち込んだ顔も、怒った顔だって……全部、もっと見たいって思えるくらい大好きだから!!

頭の中に、四葉ちゃんの声が響く。

まだ出会ったばかりの頃に言われた言葉。

あの日は別に、何か特別なことがあったわけじゃない。

ただちょっと気分が落ち込んでて、ちょっとした感情の波というか、それがあまり良くなかっただけで……

でも、そんなあたしに四葉ちゃんは真っ直ぐ向き合ってくれた。ちょっとシリアスすぎるくらい。

普通だったら、調子の良いこと言ってるなって本気になんか受け取らないようなことなのに、四葉ちゃんがあまりに一生懸命すぎて、疑う気もおきなくて。

（この子の一生懸命は、本当に一生懸命なんだなぁ。眩しいくらい……羨ましくなるくらい……）

それは憧れだったのか、尊敬だったのか……他の人と彼女はひと味違うって思うようになって、その気持ちはその内に――ううん、すぐに別の感情に変わっていって。

（会いたいな）

彼女を思うと、いつも恋しくなってしまう。

誰と何をやってるのか気になるとか、疑うとか、そういう気持ちもあるけれど、でも何よりずっと……会いたい。

あたしを見つめて、あたしの頬や髪を撫でながら、あたしの名前を呼んで欲しい。

彼女にはいつだって求めたくなる。身も心も委ねてしまいたくなる。

けれど、その為には……あたしも彼女が好きでいてくれるよう頑張り続けなくちゃいけない。だから――

暫く(しばら)目を閉じて、少し熱が冷めるのを待って……あたしはスマホを開いた。

「もしもし、凜花？　今度のデートなんだけどさ……」

「はぁ……」

溜息を吐くと幸せが逃げるっていう。

もしも本当なら、この数分間でいったいどれだけの幸せが逃げたんだろう。

そう思いながら、それでも一向に、止められる気配は無かった。

溜息の原因、悩みの種はもちろん、真希奈(まきな)からのお願いだ。

――どうか、私と恋人になってください!!

よく腰抜かさなかったな、と今更思う。

国民的アイドルの、ドラマ撮影じゃないプライベートでの告白……それをまさかわたしが受けることになるなんて、夢にも思わなかったし今でも夢だったんじゃないかって思う。

ベッドに寝転がりながら、何かする元気が湧いてこなくて、でもボーッとしてたら延々と真希奈のことを考えてしまって。

「はぁ……」

何度目かの溜息を吐いてしまう。

わたしにとって、答えの出ない難問にぶつかるなんてそう珍しい話じゃないけれど、これはその中でもとびっきりの難問だ。

由那ちゃんと凛花さんの二人と付き合うことになったとき、妹に二股がバレたとき……それらとは少し種類が違う気がするけれど、レベルでいったら同じくらい、かも。

「って、比べらんないよ、そんなの～!!」

思わず頭を抱え、ベッドの上をじたばた転がる。

もちろんそんなことをしてても解決する筈もなく、余計に頭がぐちゃぐちゃするだけだ。

（わたしにはもう恋人が二人もいるわけで……でも……）

真希奈の抱えている問題を思えば、簡単に撥ね除けることもできなくて――

時間は、あの直後に遡る。

「どうか、私と恋人になってください!!」

「えええええええええええっ！！？」

まったく想像していなかったお願いの内容に思わず叫ぶわたし。

そんなわたしを前に、真希奈は変わらず真剣な表情を向けてきていた。

「ようちゃんには冗談に思えるかもしれないですけど、私、本気です」

「ほ、本気って……言われても……」

見つめていたら飲み込まれてしまいそうな気がして、つい目を逸らす。

そんなわたしに、真希奈は手を伸ばし、頬に触れて――

「驚きました？」

「……え？」

どこか冗談めかして、くすくす笑う真希奈。

そんな彼女につい呆気にとられるわたしに――

「もしかして、ようちゃん。もう付き合っている方がいるんですか？」

「うっ！」

ズバリ、言い当ててきた。

「やっぱり」

「ど、どうしてわかったの!?」

「ようちゃんの反応を見ていれば嫌でも気づきますよ。はっきり顔に出てましたもん」

真希奈はそう言って、むにゅっとわたしの頬を摘まむ。

痛みの無い、じゃれるような仕草は、まるで恋人に甘えているみたいで、ドキッとしてしまう。

「ま、真希奈……」

「すみません。ようちゃんがもうお付き合いしているなら、私のお願いは困らせてしまうものでしたね」

「うう、ええと……」

「でも、その上でお願いです。ようちゃん、私の恋人になってください！」

「えええっ!?」

その上で貫くの!?

がっしりと両手を握り、ぐっと顔を寄せてくる真希奈に、わたしはただただ気圧(けお)された。

「その……恋人のフリでもいいんです」

「………フリ？」

恋人のフリ。

つまり、本当は付き合っていないのに付き合っていると嘘(うそ)を吐くってこと？

でも、誰に……？

「実は最近、週刊誌に狙われていて」

「え！　すご！」

状況もわきまえず、芸能人っぽいワードについテンションを上げてしまう小市民、わたし。

「すごくなんかないですよ。迷惑なだけで」

「あ、あー……だよねー」

「まぁ有名税みたいなものだと諦めてはいるのですが、どうやらその理由が少々面倒とい
いますか」

「面倒？」

「実は、直近のドラマで共演した俳優の方との交際を疑われているんです」

「え、共演した俳優ってもしかしてあの……!?」

　今や好感度ナンバーワンだとか言われる、映画やドラマに引っ張りだこな、ええと、名
前、名前はぁ……

「あ、あの人！」

「名前、覚えてないんですね」

「誰かは分かるよ!?　顔を見たら、ああこの人って思うもん！　ただ、ちょっと名前はど
忘れしちゃっただけで……」

「ふふっ、ようちゃんのそういうところ、全然変わらないですね。私、すっごく大好きで
す」

「お、おう……」

告白された後に大好きと言われると、なんだか別の意味で照れてしまう。

こりゃ全国の十~五十代男女が好きになっちゃうわけだ。

「とにかく、その交際疑惑はまったくの濡れ衣なんです。でも、このままだと相手にも迷惑が掛かってしまいますし、ずっと付き纏われるのも……」

そう、だよね。

真希奈はこの間活動休止を発表したばかり。せっかく学業集中のために時間をもらっているのに、そんなんじゃ全然集中できない。

「だから、フリでいいんです。ようちゃんが私の恋人になってくれたら、全て解決するんです！」

「真希奈……でも、それってわたしも週刊誌に載るかもってことだよね!?」

「いいえ、ようちゃんは一般人ですから、掲載されたとしても名前はもちろん顔写真もモザイクが掛けられるはずです。相手がようちゃんだって、知り合いだって分かりません！」

「はぇー……そういうものなんだ！」

さすが真希奈。手慣れている感がすっごく頼りになる！

「でもでも、わたし女の子だよ？　世間的にさ、恋人なら男の子の方が説得力出るんじゃ」

「いいえ、恋愛に性別は関係ありません。同業者でも何人か同性でお付き合いしている方を知っていますし」

「へ、へぇ～……」

わたしは一般人だけれど、実際女の子同士で付き合っているし、なんとも実感の深い話だ。

「元々は根も葉もない話題性だけの憶測なんです。塗り替えるには話題性より強い確信を与えるだけでいいんです」

「でも……フリなのに確信なんて与えられるのかな……」

「大丈夫ですっ！　ようちゃん相手なら……ううん、ようちゃんとだからこそ、絶対……！」

「え……？」

「自分勝手なことを言っているのは分かってるんです。でも、ようちゃん。無茶を承知で、どうか検討してもらえないでしょうか」

ぐっと強く手を握り、真剣な眼差しで見つめてくる真希奈。

その瞳があまりにも眩くて、吸い込まれそうで――

「真希奈……わ、わかった。すぐには頷けないけど、でも、考える。前向きに検討する！」

気が付けばそう頷いて、いや頷かされていた。

「ありがとうございます、ようちゃん。私、待っています。ようちゃんが答えを出してくれるまで……待ってます」

その真希奈の笑顔は、少し無理をしているように見えて……わたしはぎゅっと胸を締め付けられるような感覚に苛(さいな)まれずにはいられなかった。

結局、その感覚は今も胸の奥でズキズキ痛みを放っている。

真希奈の力にはなりたい。

けれど、たとえ嘘の関係でも、恋人として振る舞うことは、由那(ゆな)ちゃんと凛花さんへの裏切りになるんじゃないだろうか。

だってもしもさ、二人がわたし以外の人と、フリでも恋人として振る舞っていたら……わたしなんかが嫉妬するなんておこがましいって思いもするけど、でも、絶対嬉(うれ)しくない。

(でも、そっちを優先するってことは、真希奈を切り捨てるってことで……)

誰かにずっと追い回されるなんて、きっとものすごいストレスだ。

それを、わたしが頑張れば解消できるなら……見て見ぬ振りするのは、最低だと思う。

「うあーっ！　がんじがらめだー!!……ぐえっ!?」

思わず叫び、そのままベッドから落ちた。

痛い。でもモヤモヤは全然吹き飛んでくれない。

「もしもわたしが二人と付き合ってなかったら、すぐ頷けたのかな」

ほとんど現実逃避だけど、呟かずにはいられなかった。

真希奈は素敵な女の子だ。

誰もが知ってる国民的アイドルって肩書きを除いたって、大人びた仕草や喋り方は一緒にいて落ち着くし、楽しい。

きっと幼稚園で一緒に過ごしていた頃よりずっと変わってしまったんだろうけど、わたしの大好きだった彼女が消えてしまったわけじゃなくて、すぐあの頃の続きを始められるって分かるんだ。

「きっと真希奈だって同じ……だから、あんなお願いをわたしなんかに……」

たぶん真希奈は、わたしがポンコツだって気が付いていない。

騙すみたいになっちゃうけれど、でも見栄を張りたい自分もいて——

「うぅー……!!」

「……お姉ちゃん？」

「はっ！　桜!?　葵まで！」

おずおずと声を掛けられ、顔を上げる。

するとドアを僅かに開け、隙間からおそるおそるこちらを覗いてくる妹達の姿があった！

「ど、どうしたの？」

「どうしたのは葵たちのセリフだよ。バッタンバッタン音鳴ってたし！」

「ご、ごめんなさい……」

「お姉ちゃん、何があったの？　さっきまで出掛けてたのと関係あるの？」

「う、えと、それは……」

「……言いたくないみたいよ、葵。アタシ達に相談したって意味ないって」

「そんなこと言ってないよ!?」

と、反射的に返しつつ、気づく。

これ、北風と太陽システム発動してる！

純粋に心配してくれる葵（たいよう）と、冷たさを感じさせる桜（きたかぜ）。

葵の表情を曇らせたくない。桜に失望されたくない。

そんな思いに苛まれたわたし、お姉ちゃんに残された道は正直に白状することだけで
——

（い、いやいや！　これぱっかりは言えないよ！）

そもそも二股を黙認してもらえているのも奇跡なわけで。

そこにさらに恋人（嘘の関係だけど）が増えます、しかもその相手が二人の大好きな天城（あまぎ）マキです、なんて伝えればパニック待ったなしだ！

特に後の方の情報は頭がおかしくなったと思われても仕方がないレベルで、あからさまな嘘を吐いているって怒られるに違いない。

（もし話すとしたって、マキ……じゃなくて、真希奈を紹介してからだよね。いや、それ自体活動休止に対する二人の反応を見てたら慎重にならなきゃいけないけど……）

「『お姉ちゃん？』」

「わっ、ごめん、何⁉」

「何じゃないわよ。またボーッとして」

「葵たち、何回も呼んでるのに」

「う……ごめんなさい」

うっかり考え込んで、余計不信感を煽ってしまった。

どうしよう。悪化する前になんとかしなきゃ……だけど、だからって良い案がスッと浮かぶ筈もない。

「そんなに言いたくないわけ？」

「言いたくないっていうか、言いづらいというか……」

「もしかして……また恋愛絡み？」

「ち、チガイマス」

そう、これは恋愛じゃない。友情の話。ユウジョウノハナシ。

「「じー……」」

じーっと見られてる！

じとーっと疑うような眼差しで見られてる!?

「…………はぁ。まぁ、そんなに言いづらいなら詮索しないわよ」

「え、桜？」

「葵もいいわよね」

「うん。あんまりしつこくしても、お姉ちゃん嫌だもんね」

な、なんて気遣いのできる妹達なんだ!?

それに比べてお姉ちゃんは……うう、クズ。

「心配かけてごめんね……」

わたしは深々と頭を下げた。

そして部屋から去って行く妹達を見送りつつ、もはや妹達の方が大人なんじゃないだろうかと思うお姉ちゃんであった。

——ブーッ、ブーッ。

「ぬあっ!?」

直後、タイミングを見計らったかのようにスマホが震えだした！

もしや桜葵前線第二波到来……!?

「……あ」

違う。

表示されている名前は……百瀬由那——

「えっ、由那ちゃん!?」

名前を見た瞬間、わたしは慌てて電話をとった。

「もしもしっ！」

『あ、もしもし四葉さん？』

「え、凜花さんっ!?」

電話の向こうにいたのは凜花さんだった。

あれ、でもなんで凜花さんが？

『ちょっと凜花。四葉さんなんて言ったら、すぐ凜花だってバレちゃうじゃない！』

『あ、そっか』

今度は由那ちゃんの声。

どうやら二人は今一緒にいるみたいだ。

『ごめんね、四葉ちゃん。本当はじわじわ違和感に気づいてもらうっていうのがベストだったんだけど』

「う、ううん。全然！　それに由那ちゃんか凜花さんかは声だけですぐ分かっちゃうし！」

たとえ電話越しでも、仮に凜花さんが由那ちゃんの真似をして、由那ちゃんが凜花さんの真似をしてたとしても、絶対気づける自信がある！　試したことはないけど。

「でも、どうしたの、いきなり電話なんて」

『そうだ、そっちが本題！　由那と、今度のデートについて話してたんだ』

「デート……」

妹達にもバレていたけれど、由那ちゃんと凜花さんとは、明後日一緒にどこか遊びに行こうって約束をしてたんだ。

まだ場所は決めてなくて、未だ「どこ行こっか」で止まってたんだけど。

『あのね、四葉ちゃん。プール行かない？』

「プール？」

一瞬、「また？」って出そうになった。

プールはこの間、桜と葵も含めた5人で行ったばかりだ。

『今、またって思ったでしょ』

「え」

『ふふっ、私にも分かった』

電話越しにクスクス笑う二人。

どうやらぐっと堪えたつもりが、リアクションに出てしまっていたみたい。

わたしが二人に気づけるみたいに、二人にもわたしは筒抜けなんだな……

『ほら、この間は桜ちゃんと葵ちゃんもいたでしょ？　だからあたし達も友達として振る舞ってさ』

『もちろん、それも楽しかったよ？　でも、せっかく新しい水着も買ったんだし、その……四葉さんとちゃんと、恋人としても楽しみたくて』

ズキュンッ！（心臓を打ち抜かれる音!!）

凜花さんのわくわくを隠しきれない声は、それはもうすっごく可愛くて、もしも今目の前にいたら反射的に頭を撫でちゃってたかもしれない。

（でも……）

脳裏に真希奈の顔が過る。

まだ彼女のお願いに答えを出せていないのに、デートに行っていいんだろうか。

行ったとして、わたしは心から楽しめるんだろうか。

（由那ちゃんと凜花さんにも迷惑を掛けちゃう可能性だって……）

と、思いつつ……でも、行きたいッ！

あの時、わたしはお姉ちゃんで、妹達の前ではデレデレせず友達モードを貫かなきゃと必死に必死で必死だったけれど、由那ちゃんのキュートな水着も、凜花さんのセクシーな水着も、できることなら余すこと無く時間を忘れて思いっきりこの目に収めたいという気持ちがあるッ!!

でも、でも、でも——

気持ちはあがったり、落ち込んだりを繰り返していた。

本気でどうすればいいか分からない葛藤をしているときには天使も悪魔も現れないもので、わたしは一人、思考をぐるぐるされつつ、軽い吐き気にも似たどうしようもなさに包まれて——

『……四葉ちゃん？』

「っ……！」

おずおずと、どこか様子を窺うみたいにわたしの名前を呼ぶ由那ちゃん。

不安げな声に、胸がきゅっとなる。たぶん、電話越しに何かを感じて、心配させてしまったんだ。

（わたし、本当にだめだ。幼馴染みとしても、姉としても、恋人としても……）

元々全く不器用なタイプなのに、全部上手くやろうとして、全然上手くいかなくて、そんな自分をだめだって責めて……

（……そんなの今に始まったことじゃないでしょ、四葉。わたしはバカなりに、だめなりに、一個一個ぶつかっていくしかないんだ）

そして今は……電話の向こうで返事を待ってる恋人に、ちゃんと向き合う！

「うん、行こう！　行きたいな、プール。三人で！」

今度は友達じゃなく、恋人として。

はっきり気持ちを伝えると、電話の向こうから二つのほっとした溜息が聞こえた。

『良かったぁ～……』

『じゃあ決まりだね！　お昼も向こうで食べる計算で……十時に駅前集合でどうかな？』

「うん、大丈夫。楽しみにしてるね！」

そう言って電話を切る。

真希奈をあまり待たせたくはないけれど……

(今は二人とのデートに集中！　その後、真希奈のことはちゃんと、じっくり、真剣に考えるから！)

改めてそう心に決め、わたしは気が早くもデートの準備を始めるのだった。

そして二日後。
「ふぅ、今回ばかりは一番乗りかな？」
約束の一時間前。約束通りに駅前に来たわたしは、まだ二人の姿が無いのを確認してホッと息を吐いた。

待つのは案外好きな方だ。

もちろん、二人を待たせるのが恐れ多いっていうのはあるけれど、でも、これから始まる幸せな時間に胸を馳せているだけで、気持ちも自然と高ま――

「あ、四葉ちゃーん！」

高まって……

「わ、相変わらず早いなぁ。絶対先に着いたって思ったのに」

「早いっ!!」

「「えっ!?」」

突然抗議するわたしに目を丸くして驚く二人。

そのリアクションはもっともだけど、わたしにもちゃんと言い分がある！

「もっとドキドキしてたかったのに！」

「よ、四葉さん？」

「デートはね、待ち合わせ前からスタートしてるんだよ!? 今日、どんな服着てくるのかな、とか。どんな話しようかな、とか。緊張して待つ時間だってデートの大切な時間なんだからっ！」

なんて、理不尽な抗議をするわたしを前に、由那ちゃんと凜花さんは顔を見合わせ――

「『それはこっちのセリフ!!』」

「わっ!?」

「あたし達だって一時間前に着いてるんですけど！」

「こっちには心の準備なんて必要ないと思ってる!?」

「あわわ……」

　むっとしつつ詰め寄ってくる二人に、わたしは一気にたじたじになってしまう。

「昨日も今日が楽しみすぎてちょっと寝不足だし！」

「私だって毎回そうだよ！」

「そ、それならわたしも……」

　と、それぞれ思い思いに主張し……全員同時に、プッと吹き出した。

「あははっ！　別に自慢するようなことじゃないわよ、こんなの！」

「息ぴったりだね、私達」

「ほんと。あれこれ悩んでるのがバカらしくなるわ」

「え、由那ちゃん。何か悩んでたの？」

「んーん、四葉ちゃん見てたらどうでもよくなっちゃった」

「どういう意味!?」

　あれか。脳天気すぎて白ける、的な。

それはまぁ、否定しきれるものでもないけれど！

「まぁ、結果的に一時間早く集まれたわけだし、もう出発しちゃう？」

「そうだね。そしたら一時間長く四葉さんと一緒にいられるわけだし」

「ちょっと凜花、あたしもいるんだからね？」

軽快に会話する二人を眺めつつ、改めてわたしの彼女は可愛いな、なんて惚気（のろけ）たくなったり——はっ!!

（二人は気づいてないけど、かなり視線集めてる!!）

ある意味恒例とも思えるけれど、由那ちゃんも凜花さんも、かなり目を引く美少女だ！

その二人がこうして揃（そろ）ってわきあいあいとしていれば、当然注目も集まる。

一応、わたしも含めた三人組ではあるのだけれど、殆（ほとん）どわたしに視線が向けられていないのはハッキリ分かる。

まぁ、当然だし、今更そんな事実にへこたれたりなんかしませんが！

「ほら、二人とも行こっ！　わたしだって一秒でも長く一緒にいたいし！」

「っ！」

「あ……！」

返事を聞く前に二人の手を引っ張って歩き出す。

自分がどう見られているかより、今はそんなのに気を取られて時間を無駄にする方が嫌だ。

とにかく、今日は思いっきり楽しむって決めたんだから！

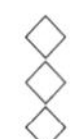

電車に揺られること三十分ほど。

なんてことない地元の市民プールだけれど、夏休みってこともあってやっぱり今日も賑わいを見せていた。

その多くは家族連れだ。わりかしリーズナブルで楽しいってこともあり、わたしもよく連れてきてもらったなぁ。

「四葉さん、お待たせ」

「それじゃあ、行きましょ」

「うんっ」

着替えを終えた二人と一緒に更衣室を出る。

昔はどうだったか覚えていないけれど、今は場内の売店や自販機での買い物も、ロッカーの鍵についたバーコードを使って購入して、帰るときに纏めて精算することができる。

つまり、財布を持ち歩く必要がないわけで、実質手ぶらで完結するのだ！

わたしなんかはスマホもロッカーに入れちゃってオッケーなタイプだからもうメリットしかない。

「んふふっ♪」

「ほら、四葉さん。はやくはやく！」

ご機嫌——というか、待ちきれない子どもみたいに二人がわたしの手を取り、並んで歩く。

五人で来た時は妹達がわたしと腕を組んで、二人は後ろを付いてきてって感じだったけれど、もしかしたらあの時からこうしたかったのかな。

心なしか、恋人モードのときは由那ちゃんも凜花さんも精神年齢がずっと幼くなる気がする。

まぁ、可愛いから全部良しなんだが!!

そんなわけで、わたしは二人と一緒に、とりあえずプールといったらど定番の流れるプールで遊ぶことにした。

その前に、ちょっと寄り道をして——

「えへへ、浮き輪借りてきたー」

せっかくなのでちょっと大きめの浮き輪を借りてみた。

大人一人がすっぽり嵌まって、でも他の人も腕だけなら乗っけられるくらいの。

「そういえば……四葉ちゃんって泳げないのよね」

「お、泳げますよ!?　足の着くところなら……」

「目はものすごく泳いでるね」

　うう、由那ちゃんも凛花さんも、わたしが泳げなくて当たり前だって思ってるみたい。

　まぁ小金崎さんと同じ話をしたときも泳げないと断定されてしまったわけだし、わたしはもう「泳げない」とプロフィール欄に明記したほうがいいかもしれない。

「もしよかったら、私が教えるよ？」

「えっ！」

　凛花さんから直々の申し出に、わたしはぐらっと心が揺れるのを感じた。

　だって凛花さんはすごいんだ。運動神経抜群なのは周知の事実だけれど、それは水中でも変わらない。

　まさに地上に降り立った人魚！　水を得たケンタウロス!!……ん？　いや、自分でも意味分からないけど。

　とにかく、水泳だってすっごく速くて綺麗で、水泳部の皆さんも一目置くほど、ということ！

　そんな凛花さんに手取り足取り泳ぎ方を教えてもらえたら、わたしにもヒレが生えたりするかもしれない。

でも……

「もしも凛花さんほどの人に教えてもらって泳げなかったら……絶望じゃない!?」

「「…………」」

「……あれ？」

わたしの主張に、二人は絶句していた。

正直情けないとは思いつつ、間違っていないと思うんだけど……？

「四葉ちゃん、それって今更じゃない？」

「へ？」

「だって、学年一の秀才であるあたしが勉強教えたって赤点は免れないわけでしょ」

「うぐっ！」

「ていうか前さ、凛花にどうやったら足速くなるか聞いてたわよね？」

「あー……まぁ、あの時はあまり効果は出なかったかな」

「うぐひっ!?」

凛花さんの気を遣った言葉選びが余計につらい！

そう、絶望なんて今更だ。

どんなに優秀な先生についてもらってもできないものはできない！

と、一年間近くで見てきた二人からすれば明らかだったわけで。

「それってひたすらわたしが雑魚って話じゃないですか!?」

「まぁ……」

「うーん……」

「ほぼ肯定の濁し方!!」

　恋人からさえ一切の気も遣ってもらえず、またまた軽めに絶望したわたしは、浮き輪片手に流れるプールへ飛び込む——と、他のお客さんの迷惑になるので、しずしずと入水するのだった。

◇◇◇

「あー……ぎもぢぃ〜」

「あはは、四葉さん変な声」

「ほんと。ほっぺもこんなに緩んじゃって」

　浮き輪の輪っかにすっぽり嵌まり、だるっとリラックスするわたし。

　その浮き輪に寄りかかりつつ、わたしのほっぺをプニプニつついてくる由那ちゃんと凜花さん。

　ゆったりだらだらした時間を思いっきり満喫しつつ、わたし達はプールで流されていた。

（なんだか時間が止まってるみたいだなぁ……）

なんて、ちょっとうとうとしながらたゆたっていると——

「そういえば、四葉ちゃんさぁ」

「んー……？」

「凜花とディープキスしたってほんと？」

「ぶふっ!?」

思わぬ超絶剛速球来たっ！！？

「あ、いーのいーの。ちゃーんと凜花から聞いたから。ね、りーんか？」

「うぐ……」

どこか圧のある由那ちゃんの言葉に、凜花さんが顔を引きつらせる。

いや、全然良さそうじゃないんですけど!?

「前に四葉ちゃんとのデートの後、何日も凜花がふわふわしてたことがあってね。こりゃ何かあったなって思って、それとなく振ってみたら、あっさり口割ったのよ」

「ご、ごめん、四葉さん……」

「いや、別に秘密ってアレじゃないし！　タイミングとかその場の流れとか、色々あって、そのぉ……」

「だからいいって言ってるじゃない。あたしだって、いつかはって思ってたわけだし」

由那ちゃんはじとっとした半目でこちらを見つつ……にっこり笑った！

「そのいつかは、今でもいいわけだけど？」

「「い、今!?」」

ぐらり、と浮き輪が揺れる。わたしと、凜花さんの動揺によるものだ。

「で、でも、キスは二人きりのときだけって……」

「だって、先越されたのは許したって、ずっとそのままは嫌だもん。ルールも一時的に無効！　凜花だって文句言えないはずよ」

「う……まぁ、そうだね……」

凜花さんが折れた。

いや、まぁ、うん。これについてはわたしが口を挟むと余計こじれちゃいそうだな……でも、この場でキス——しかも深いほうなんて絶対ダメだ！

——ルールを破るなら、それ相応に目立たないよう気を配るべきじゃないかしら。

それは、妹達に二股がバレて解決策を相談したとき、小金崎さんに言われた言葉。

今でも一言一句思い出せるほどに、わたしの中に残っている……座右の銘候補暫定一位だ。

外の世界で二人と、それぞれとでも、恋人として振る舞うなら、誰かに見られる可能性は絶対に捨てきれない。

　わたしはもう妹達っていう最上の存在にバレてしまったからある意味怖いもの無しな感はあるかもだけど、二人に関しては違うかもしれない。

　由那ちゃんも凛花さんも、わたしに比べて遥かにたくさんのものを持っている。

　それを、もしもわたしの不注意で失わせてしまったら……いや、わたし如きが二人の輝きを奪えるとも思わないけれど！

　でも、万が一ってこともあるから……だから、

「……誰も、見てないところでなら」

「えっ!?」

「………あれ？」

　わたし、何言った？

　他の誰かに見られたらマズい。だから他の人に見られなきゃいい、みたいな。

　でもなんか、由那ちゃんの目つきがさっきまでと変わったような——

「じゃ、じゃあ今すぐ行きましょう！　人気の無いところ！」

「ゆ、由那。落ち着いて……」

「落ち着いてなんかいられるわけないじゃない！　だって四葉ちゃんが良いって言ってるのよ！　凛花だって、したいでしょ!?」

「したい」

即答!!

「でも人気の無いところって?」

「少なくともこのプール施設の中じゃ殆(ほとん)ど無いわね。トイレの個室とか、シャワー室とか……でもそんなムードの無いところでしたくない!」

……流れるプールで流されながら、わたしたちはなんて話をしてるんだろう。

周りのわきあいあいとした家族連れ、イチャイチャじゃれてるカップル達は、まさか友達同士に見える(と思う)わたしたちがこんな濃密な会話をしているなんて思うまい。

「じゃあ……ホテルとか」

「ふぇ!?」

「それよ凜花(りんか)!　ナイスアイディア!」

ほ、ホテル!?

それって大人の人が、大人なことをしにいくところ、だよね!?

「にしても凜花からそういうのが出てくるのって意外かも」

「わ、私だってそういうの……興味あるし。それに誰からも邪魔されない場所って考えたら、さ」

凜花さんは恥ずかしそうに、もごもご言いつつ顔を逸(そ)らす。でもほっぺたは真っ赤に染まっていた。

たぶん、前のカラオケボックスでしたとき、店員さんのカットイン（たぶん悪意なし）で何度か水を差されてしまったから、気にしてくれてたんだろう。優しい。

（でも、あれがあったから歯止めがきいたわけでもあって……もしも誰からも邪魔が入らない空間で、スイッチが入っちゃったら……！）

いよいよどこまでいっちゃうか、わたし自身分からない。

それこそムードなんて大事にできるかどうか……

「そ、そういうのはもっと大人になってからがいいんじゃないかなあ……？」

気が付けば、そう口にしていた。

明らかな逃げ腰。逃げの四葉、と異名がつきそうな見事な逃げっぷりに、由那ちゃんはむすっと頬を膨らます。

「あのね、四葉ちゃん。そういうこと言ってたら、あっという間にお婆ちゃんになっちゃうわよ？　早いかどうかなんて、やってみてから決めればいいんだから」

「か、カッコイイ……」

なんか偉人が残してそうな言葉だ。わたしも小金崎さんの言葉よりこっちを座右の銘にしようかな。

「それじゃあ四葉ちゃんの合意も取れたことだし、プールの後はお楽しみねっ」

「……異議なし」

凛花さんも神妙な顔で同意した。

完全に2対1。民主主義いわく、多数決は絶対なので……

(いいのかな……いいのかな!?)

だってわたしたちまだ高校生だよ!?

高校生と言えば、子どもから大人への過渡期! 一番油断しがちな時期!

ちょっとした気の緩みが、その後の人生を大きく左右するような問題を生んでしまうかも……というのを、テレビかどこかで聞いたことがある!!

「四葉ちゃん、あたしたち、女の子同士よ?」

「え?」

「もしも最後の一線を越えたって、とんでもないことになったりしないんだから!」

「っ!!」

その由那ちゃんの言葉は、文字通りわたしの脳内に稲妻が走ったみたいな衝撃をもたらした。

わたしが危惧していた問題は、つまり学園ドラマ(一部)の定番。

若気の至りでうっかり妊娠、両家族を巻き込んだ責任問題、行き場を無くし高校中退からの駆け落ち!

そんな悲惨な人生を、由那ちゃんにも凛花さんにも絶対に送らせてはいけないと思っていた。

何もできないわたしだ。誘惑に弱いわたしだ。

そんなわたしを、わたし自身が一番信頼していない。

でも——

（冷静に考えたら女の子同士で赤ちゃんできないじゃん!!）

それがいいことか悪いことか分かんないけど、とにかく気にしなくていいのなら……つまり、

「それって、最後まで突き進んじゃっていいってこと……?」

「「こと!」」

「わっ!?」

わたしが言うことを予め読んでたみたいに、くっきりはっきりハモりながら肯定する二人。

そっかぁ……じゃあわたしの悩んでた事って——

（いや、でも、うーん。でもでも……）

なんだかちゃんと考えなきゃいけないような気がして、つい頭を抱えたわたしは……

「きゃっ!?」

前のめりになりすぎたせいでバランスを崩し、浮き輪ごとひっくり返ってしまった!

「四葉ちゃん!?」「四葉さん!」

じゃぼん、とわたしが水の中に落ちた音。そして二人のわたしを呼ぶ声。

それらが、どこか遠く、ぼやぼやと聞こえる。

そして——

◇◇◇

……いつの間にかわたしは、どこか分からない場所にいた。

いや、どこか分からない場所ってどこ!? 怖い! もしかしてあのまま溺れて……ってこと!?

いやーっ! 出して! 帰してーっ!!

『間(はざま)さん』

あれ、この声は……小金崎(こがねざき)さん!? どうしてここに!?

『どうしてって、貴方(あなた)が呼んだんじゃない』

呼んだ……わたしが?

『そもそも私は小金崎舞(まい)じゃないわよ』

えええっ!? どう考えたって小金崎さんの声じゃ——声?

『私はアレよ。天使と悪魔的な』

天使と悪魔的な!?

つまり……天使と悪魔的なアレってこと!?

『繰り返しているだけね』

いや、でも、だったらどうしていつもの天使と悪魔じゃなく、小金崎さんなんでしょうか……？

『以前までの天使と悪魔は、貴方が自身の行動が正しいかどうか判断するために、理性と欲望を具現化させたものよね』

は、はい。たぶんそんな感じです。

『けれど、結果はだいたい悪魔が勝利する。貴方は欲望に決して勝てない定めにあるのよ。まるでお猿さんね』

お猿さん……モンキー……

『けれど、貴方はまた大きな葛藤を抱いてしまった。議題は即ち、聖域の二人とセックスしてもいいかどうか』

せ……!?

げ、下品ですよ小金崎さん！

『だから私は小金崎舞ではなく、貴方が脳内再生して生み出している存在よ。下品なのは貴方でしょう』

そんなにハッキリしたワードで考えてないですもん！　わたしのは、その……えっち的なアレで。

『同じじゃない』

違いますよ！　響きが全然！

えっちの方が可愛(かわい)いじゃないですか！

『可愛さを求めている場合かしら……まぁ、いいわ。とにかく貴方はそれをしていいのかどうか悩んでいて、答えを求めている。けれど天使と悪魔に任せれば、十中八九悪魔が勝って二人とセッ――えっちすることになる。出てくる答えが分かりきっている葛藤なんて不毛以外の何物でもないわ』

どうでもいいけど、小金崎さんボイスで「えっち」って聞くとなんか不思議な感じがする。

ちゃんと再生できてるあたり、わたしの頭って意外と高性能なのでは……？

『聞け』

ハイ。

『改まると、私は貴方に残された良心……またの名は、小金崎舞に怒られちゃうんじゃないかという不安よ』

なんて情けない感情……でも一理ある。

わたしのようなクソザコナメクジは常に他者からの視線に怯えているのだ！

『胸を張って言うこと？』

冷静なツッコミを入れる小金崎さん（わたし）。

でも、この容赦の無いツッコミを鑑みるに、わたしの中で小金崎さんへの恐怖は随分大きいものなんだと思わずにはいられない。

もちろん、交流を経て、実際の小金崎さんはすっごく優しい良い人と思うようにはなっているんだけど、だからこそ余計に「この人には嫌われたくない」という思いも強くなった。

そして、基本わたしという存在に興味無いであろう小金崎さんが動かされる状況と言えば、聖域（由那ちゃんと凜花さん、またはそのどちらか）が絡んだときだ。

なんたって小金崎さんは聖域ファンクラブ副会長！　ナンバー2！

そうでなくても個人的に二人に対して思うところがある感じもするし……そんな小金崎さんがもしもわたしが二人を傷物にしたと知れば――

『殺すわね、絶対に』

ぎゃあっ!?

『と断定するのはさすがに無理があるけれど……ほぼ確実に、といったところかしら』

それってもう１００％か99％かの違いなんだよなぁ……

で、でもでも、二股がバレたときには許してくれたし！

『あれは二人ともと付き合った結果、聖域間での関係が親友同士のまま変わらなかったから許されたことでしょう』

じゃあ、二人同時にすれば――

『自分が何言ってるか分かってる？』

わ、分かってますよ！　恐れ多いことだって！

ていうかあなただってわたしなんだよね!?　小金崎さんの皮を被ったわたしなんだよね!?

なんでそう、心の底から蔑んだ声が出せるのさぁ!!

『まぁ仮に、そんな凶行に貴方が及べたとしましょう。そうしてバランス――平等を保てたとして、それでもやっぱりおすすめはできないわね』

ど、どうして？

『えっちは貴方にとっては当然、きっとあの二人にとっても未知の体験よ。一回やってこんなものかと思うだけならまだ良し。けれど、もしもどハマりしてしまって、毎日毎日えっちすることしか考えられないようになり、お互いの家に毎日通っては乳繰り合ってばかりになったらどうかしら』

ちょちょちょ、小金崎さん!?

『百瀬由那の成績は落ち、合羽凜花の運動センスには陰りが差し、神聖さを失って代わりに得るのは一時の快感とえっちスキルだけ。当然聖域は崩壊し、小金崎舞はブチ切れ。全てを暴露され、二股を世界中に知られた間四葉は指名手配犯となり、さすらいのバウンティハンター達から首を狙われる生活に――』

ストップ！　ストーップ!!

なんかすごく飛躍してると思うんですけど!?

『まぁ少々飛躍している感は否めないけれど……それじゃあ、こんなのはどうかしら』

小金崎さんはコホン、と咳払いを挟みつつ、改まって言う。

『間四葉がえっち下手すぎて見限られる』

あ、ありそ――――っ!!

『実際、恋人や夫婦で、相性が悪くて破局するケースもそれなりにあるとかないとか』

外側が小金崎さんでも中身がわたしなため、データ不足でちょっと都市伝説っぽい言いまわしになってしまったけれど、実際そういう話はテレビやネットで聞く。

そう……勉強もダメ、運動もダメ、人生だって総じて下手くそなわたしが床上手って線は、宝くじで一等を当てるより有り得ないと思う。

『二人とも、貴方への期待度高めだもの。これは相当上手くないと納得してもらえないわよ』

む、無理だよ!?

だってわたしだって初めてなのに！

『だから、急ぐべきじゃないわ。今はキスで止めておいて、来るべき日のために、どうやったら女の子を喜ばせられるか知識を蓄えておくべきね』

なるほど……！

やっぱり小金崎さんはすごい！　的確だ！

『まぁ、私は小金崎舞じゃないけれどね……』

上手くいくかも。きっとなんとかなる。

そんな楽観的な考えで、二人を失うなんて嫌だ。

待たせちゃうことになるかもしれないけれど、でも初めては大事だって言うし……

(待っててね、由那ちゃん、凜花さん。わたし……しっかり予習頑張るから！)

それが当面の目標……でいいんだろうか。

来るべき日に備え、わたしは――

えっち王に、わたしはなる!!

◇◇◇

「なる……なりゅます……」

「四葉ちゃん。四葉ちゃん！」

「んえ？」

「はーっ、よかった。四葉さん、大丈夫？」

「あれ……？　二人ともどうしたの、そんな心配そうな顔……」

目を覚ますと、心配げに由那ちゃんと凜花さんが顔を覗き込んできた。

なんか、起きて最初に見るのがこの二人ってものすごい幸福感だなぁ。

「もう、大変だったのよ」

「たいへん？」

「四葉さん、浮き輪から落ちて、そのまま溺れちゃって。監視員さんに医務室に運んでもらったんだ」

「そ、そうだったんだ。ごめんね、迷惑かけちゃって……！」

「ううん、いいのよ」

「ていうか、二人とも大丈夫だった!?　その、ナンパされたりとか……!?」

「あー……」

凛花さんが気まずげな声を漏らし、由那ちゃんが肩を竦める。この反応、何かあったに違いない！

「ふふっ、確かに中々大変だったかもね」

そう口を挟んできたのはたぶん由那さんが言ってた監視員さん――水着の上にジャケットを羽織ったスポーティーな雰囲気の女の人だった。

「三人とも可愛いものね。鼻の下を伸ばしながら、介抱しようかって声掛けて来た連中の多いこと多いこと……」

三人ともというのはお世辞だろうけれど、二人は可愛いしなぁ。

「でも、ピシッと断っててカッコよかったわ。三人とも仲良しなのね」

「「「はいっ！」」」

お姉さんに、三人揃ってびしっと答えるわたし達。

それがあまりにピッタリすぎて、つい吹き出してしまう。

「ふふっ、本当に仲良し。若い頃を思い出すわ」

なんて、十分若いお姉さんからもからかうように笑われてしまったのだけど。

――この部屋、具合良くなるまでいていいからね。

お姉さんはそう言い残し、医務室から出ていった。

監視員としてのお仕事もあるのに、付き添ってもらっちゃって申し訳無い気持ちだ。

でも、それ以上に――

「ごめんっ、二人とも！　せっかく遊びに来たのに、台無しにしちゃって……」

「全然台無しなんかじゃないわよ」

「むしろ、私達の方こそごめんね。四葉さんをすごく悩ませちゃったみたいで」

「そんなこと……！」

「それに、さ」

凜花さんはわたしに手を伸ばし、目元を優しく撫でる。

あまりに優雅な所作に、つい見とれちゃう……

「くま」

「え？」

「最初は気が付かなかったけれど、目元にくまがあるよね。四葉さん、あまり眠れてないんじゃない？」

まるで我が子を心配する母親のような眼差しを向けてくる凜花さん。

隣では由那ちゃんも同じようにわたしを見てきていて――なんだかすっごく心配させ

ちゃったみたいだ。

「ぜ、全然そんなことないよ！　昨日もぐっすり十時間は寝たかなー……って、あはは……」

誤魔化そうと嘘を吐いてみたけれど、二人の目つきは変わらない。

「……ごめんなさい。実は、ここのところあまり……」

二人がわたしの嘘に気づくように、わたしにも二人が誤魔化されてくれないのが分かって、早々に白状した。

「何か悩みでもあるの？」

「悩みというか……ちょっと、友達のことで」

悩みはやっぱり、真希奈のことだ。

切り替えよう、切り替えようと今日を迎えたわたしだけれど、どうしても彼女のお願いと、あの表情が頭から離れなくて……特に夜眠ろうと、頭を空っぽにしようと思ったときに、蘇ってくる。

なんとかしてあげたい。けれど。でも。

ずっと、繰り返してる。

「友達……」

凛花さんが引っかかった感じで繰り返す。

当然の反応だ。だって、わたしに二人以外に親しい相手がいるなんて、きっと二人は知らないだろうから。

同じ学校の友達と言えそうな小金崎さんや咲茉ちゃんのことはまだ言えてないし、真希奈のことなんて余計――

「それって、一昨日おめかしして会いに行ったって人？」

「え？」

一瞬、由那ちゃんが何を言っているのか分からなかった。

思わず由那ちゃんを見返すと、彼女もまるで自分の言ったことが信じられないみたいに目を丸くして、口を押さえていた。

「あ、ごめん、あたし……」

「由那ちゃん、どうしてそのこと……？」

「っ……！」

由那ちゃんが気まずげに顔を逸らす。

だってそのことは真希奈と、桜、葵しか知らない筈……って、まさか――

「桜ちゃんから聞いたんじゃない？　ね、由那」

「っ！　凜花……」

「私も聞いてたんだ。葵ちゃんから」

「そうだったの!?」

「うん。だからもしかしたら由那も……って、ついさっき気が付いたんだけどね」

そう苦笑する凜花さん。

(そういえば……桜と葵、デートの予定がないって二人に聞いたんだっけ……)

勝手に、二人から元々予定を聞いたんだって思い込んでたけれど、実際はわたしのおめかしを見たから二人に連絡したんだろう。

ていうか、そんなの考えたらすぐ分かる話だ!

でも今の今まで気づけなかったのは、もしかしたら、二人に知られたくなかったからって、わたしが勝手に可能性から消してしまっていたからなのかもしれない。

「ごめんね、四葉さん。妹さん達のこと、責めないであげて。二人とも四葉さんのことが心配だっただけだと思うんだ」

「う、ううん！　全然怒ってなんかないよ！　ただ、そっかぁって思っただけで……むしろこっちこそ、なんか巻き込んじゃったみたいで申し訳無いというか」

「巻き込んだ、なんて…………ううん。いいのよ、四葉ちゃん」

由那ちゃんは一瞬表情を暗くして、けれど誤魔化すように笑顔を浮かべた。

「とにかく、さ。四葉ちゃんがそのお友達のことで何か悩みがあるなら、聞かせてくれないかしら。あたし達でもなにか力になれるかもしれないし」

「由那ちゃん……うん。ありがとう」

由那ちゃんも凜花さんも、わたしを責めたりなんかせず、話を聞こうとしてくれる。

なんて優しいんだろう。もしかしたら思うところがあるかもしれないのに。

「……その、ね。この間、幼稚園の頃引っ越しちゃった友達が、うちの近くに引っ越してきたの」

「それって幼馴染み……よね？」

「そうなるのかな。でも、わたしはその子のこと、正直忘れちゃってて……。でも、その子はわたしのことも、些細な子どもじみた約束も覚えてくれてて……」

「約束？」

「あ、ううん！　それはあまり関係無くて……」

真希奈のこと、さすがに国民的アイドルになってましたーなんて勝手に言っちゃうのは良くないよね。

わたしの話術じゃ脱線というか、余計な誤解を生んじゃいそうだし。

「そのね、その友達が困ってるみたいなの。なんでも……ええと、ストーカーにあってる、みたいな」

「ええっ!?」

「それって警察に相談した方がいいじゃない……？」

「あ、ええと、あくまでみたいなというか、ストーカーほどじゃないというか！　説明が難しくて……正直、わたしも上手く言える自信が無いんだけど、とにかくそういうんじゃなくて」

週刊誌に追われてるなんて、真希奈が芸能人だって前提がなくちゃ成立しない。

なんか改めて口にしてみると変にややこしい話だ。大変だな、芸能人って。

「その子が言うには、彼女を追ってる人は彼女がある男の人と付き合ってるんじゃないかって疑ってるみたいで。彼女としては事実無根だし、その人にも余計な迷惑が掛かるから誤解を解きたいんだって。でも、直接その追ってる人と話すわけにもいかなくて――って、えっと、ちゃんと伝わってるかな……？」

なんか、ぐちゃぐちゃしてきた。

でも二人ともしっかり頷いてくれてほっとする。

「だからね、わたしに恋人のフリをしてほしいって頼んできて」

「「……え？」」

二人が同時に呆然とした声を漏らす。

「どうしてそんな話になるのよ!?」

「四葉さんは……もしかして、それを受け入れたの？」

「う、ううん！　もちろん最初は断ったよ!?」

「最初は……？」

「あ……う……」

由那ちゃんの鋭い指摘に、わたしはつい俯いて目を逸らす。

「今は……保留というか」

二人の目が見れない。

もしも、わたしへの失望とか、怒りが灯っていたらって思うと……怖くて。

「そんなの！……そんなの………」

「由那……」

何かを叫ぼうとして、けれど勢いを消沈させて……そんな由那ちゃんを気遣うように、凜花さんが声を掛ける。

「四葉さん、それで悩んでるってことは、受け入れるつもりなの？」

「っ!!」

わたしは凜花さんの言ってることを否定できない。

断るつもりなら、きっとこんなに悩んだりしない。

だってわたしにはもう由那ちゃんと凜花さん……二人も恋人がいるんだから。

でも——

「わたし、あの子の力になりたいんだ。幼馴染みで、今までずっと頑張ってきた子で……

こんなわたしなんかを頼ってくれたから」

わたし自身、こうして口にして初めてこれが本心だったんだって気づいた。

二人を裏切りたくない。でも、真希奈もほっとけない。

欲張りかもしれないけれど……諦めたくないんだ。

「ごめんなさい、由那ちゃん、凜花さん。わたし……」

こんな自分勝手な考え、二人とも呆れるかもしれない。愛想を尽かすかもしれない。

そう思うと、それ以上先はもう言葉にはできなかった。

でもここまで話せば、もう全部伝わってしまっているようなもので……わたしはただ、自分で作った沈黙を破れず、逃げられもせず、俯き続けるしか無かった。

「……いいんじゃない？」

「え？」

あっけらかんとした声。

思わず顔を上げると、由那ちゃんはいつも通りの笑顔を浮かべていた。

「てっきりもっととんでもない話が飛び出してくるのかと思ったわ」

「由那……そうだね。なんていうか、四葉さんらしくて今更驚きもないっていうか」

「え？　え？」

想像もしなかった二人の反応に、わたしの方が戸惑ってしまう。

「四葉ちゃんは、その子の力になりたいんでしょ？　だったらあたし達がとやかく言う話でもないわよ」

「恋人のフリっていうのがちょっと引っかかるけれど……実際に付き合うわけじゃないんだよね」

「う、うん」

「ならいいんじゃない？　幼馴染みならなおさら心配だろうし……ね、凜花？」

「うん、そうだね。私達に気を遣って何もしなかったら、きっと四葉さん、ずっと後悔しちゃうと思うから」

由那ちゃんと凜花さんは、そう優しくわたしの背中を押してくれる。

わたしはわがまま言ってるのに、そんなわたしに寄り添ってくれて……

わたしはただ、お礼を言うことしかできなかった。

「ありがとう……二人とも」

「ていうか四葉ちゃん。体は大丈夫？」

「あ、えと……」

「今日はもう無理しない方がいいかもね。ちょうどお昼時だし、軽くご飯食べて帰ろうか」

「……ごめんね。せっかくのデートだったのに台無しに――」

「もう、謝らないの」

由那ちゃんが人差し指を唇に押し当ててくる。

「プールだって、それこそ海とかさ。これから先何度だって行けるわよ。あたし達がずっと一緒にいれば」

「由那ちゃん……」

「むしろ四葉さんは今回っきりだって思ってたの？　ショックだなぁ」

「凜花さん……ち、違うよ!?」

「ふふっ、分かってるよ。これだって思い出さ。浮き輪に乗ってる四葉さんはからかっちゃだめって分かったしね」

「うっ……もうっ！」

「ふふふっ」

わたしをからかいつつ、パチッとウインクする凜花さん。くすくす笑う由那ちゃん。

わたしは、なんだか無性に照れくさくて、自分の顔が熱くなるのを感じながら、抗議するのだった。

幕間Ⅱ「合羽凜花」

YURI*TAMA

「由那（ゆな）」

「…………」

「由那ってば」

「っ……！　あれ、凜花……？」

「まったく……」

プールの後、四葉さんと別れてからずっと由那はこんな調子だった。

ぼーっと上の空で、何度声を掛けても適当な返事しかしなくて。

腕を引っ張ってこなきゃ、あのまま駅前で突っ立ったままだっただろう。

「ほら、家に着いたよ」

「んー……」

「……さすがにこの調子のまま放ってはおけないか。うち上がる？」

「んー……」

完全にスイッチを切った――いや、変なスイッチを入れてしまった由那を前に、私は溜（ため）

息を隠せないまま我が家、そして私の部屋へと上げた。

由那は物心ついてからずっと一緒にいる幼馴染みだ。

幼馴染み贔屓もあるかもしれないけれど、彼女は愛想が良く、悪く言えば嘘が上手だ。

私なんかより対人能力は高いし、面の皮も厚い。聖域なんて呼ばれるような関係性を作るに至ったのも彼女のアイディアがあってこそ。

そういう意味では、たぶん私よりずっと、由那の方が大人なんだろう。

でも……それだけが由那じゃないことを、私は痛いほど知っている。

今がそうだ。

「はぁ……」

私の部屋に入るなり、よろよろと歩き出して、部屋の主を差し置いてベッドにダイブする由那。

そして眠るでもなく、あーあーうーうー唸りながらゴロゴロ転がり出した。

(始まった……由那の悪い癖が)

彼女は大人びている――と、周囲からは思われがちだ。

けれど実際、子どもっぽいときは誰よりも子どもっぽい。

たまに今みたいに気分や気持ちに左右されて、自制が効かなくなるときがある。

でもそんな姿は家族にだって見せるのが嫌で、こうして私の部屋に上がり込んでは好き勝手発散していくのだ。

今まで色々こうなるきっかけはあったけれど……最近の理由は全部、彼女が原因だ。

（……四葉さん）

私と由那。二人共通の恋人。

世間一般に言えば、私達は二股を掛けられてるってことになるんだけれど、それは三人とも了承しての関係だ。

もちろん、私は満足している。

大好きな四葉さんと恋人になれた。四葉さんのことは本当に大好きだから。

それに四葉さんも私を愛してくれている。二人いるから二分の一、じゃない。ちゃんとそれぞれに１００％以上の愛情を向けようと真摯に向き合ってくれている。そんなところもたまらなく好きだ。

あと……この関係のおかげで由那とも親友のままでいられた。

もしもどちらかしか四葉さんと付き合えなかったら、きっと私も由那も譲らなかっただろう。

全力で四葉さんを取り合って、決着がつくまでまともに会話しなかっただろうし、どちらかが選ばれたとしてももう一人はきっと一緒にはいられなかっただろうから。

（……っと、随分脱線しちゃった）

今は、このモードに入ってしまった由那をなんとかしなくちゃ。

そしてその理由は、なんとなく察せている。

もしも、由那をこうしたのが、今私の胸をちくちく刺す痛みと同じものならば、だけど。

「由那」

「うー……」

「そんなに嫌なら、やめてって言えば良かったのに」

「……だったら凜花には言えたの」

「それは……できないけど」

はぁ、というハッキリとした溜息は二人の口から同時に出た。

「あたし、嘘は吐いてないわ」

「私だって嘘は吐いてない……けど」

ちくちくと、胸を刺す痛みは段々存在感を増していく。

この感覚は知っている――これは、不安だ。

私は中学時代から、何かと運動部の助っ人に呼ばれることが多かった。

普段の練習、他校との練習試合……さすがに公式試合は断っていたけれど、たとえ練習であっても助っ人なんて冠がつけば、それなりにプレッシャーがかかる。

それこそ、「他の子よりもちょっとスポーツができるだけ」と思っていた最初の頃なんて、期待に応えられるか不安で……今と似た痛みをよく感じていた。

　でも、似ているだけだ。今感じている不安は、あの頃のものとは比べものにならないほど痛くて、苦しい。

「やっぱり、嫌だな。四葉さんがフリでも他の人と恋人として振る舞うなんて……」

　口から出た言葉は、自分でもびっくりするくらい弱々しくて……けれど由那はからかったりなんかしない。

　ゆっくり体を起こして、今にも泣き出しそうな顔をこちらに向けてくる。

　でもそれに驚きを感じないのはきっと、私も同じような表情を浮かべているからだろう。

「凛花も……？って、そりゃそうよね」

「そりゃそうだよ。私だって由那と同じなんだ」

　私は四葉さんが大好きで……臆病だ。

　最初、由那も四葉さんを好きだって知った時、私は確かな絶望感を覚えた。

　だって私は由那をずっと傍で見てきた。もしかしたら由那の家族より、ずっと。

　子どもっぽい一面があったとしたって、私からすれば由那は完璧な女の子だった。

　誰よりも可愛くて、自分の見せ方を知ってる。勉強もできて頭の回転も早い。

　由那みたいになりたいって思ったのは、もう数え切れないくらいある。

　そして……四葉さんだってそうだって思ってた。

もしも私と由那なら、絶対由那を選ぶだろうって。
でも――

「凜花、あたし……四葉ちゃんに告った」

「……え？」

それは忘れられないあの出来事があった日の夜。

私の部屋に突然やってきた由那は、気まずげな顔でそう告げてきた。

「急にごめん。でも、その、抑えられなくて……」

「…………」

私は唖然としつつ、持っていたスマホを置いて――

――ブーッ、ブーッ。

「あれ……」

「わっ、ごめんっ!!」

由那のスマホが震える。

動揺のせいで、置いた拍子に通話ボタンを押してしまったらしい。

「凜花、これ」

「私も今ちょうど、由那に電話しようと思ってた……」

慌てて電話を切り、今度こそスマホを置いて息を吐く。

背中には既に、じんわりと嫌な汗が滲んでいた。

「私も四葉さんに告白したんだ……今日」

「えっ!?」

今度は由那が驚く番。

奇しくも、一切の談合無く、私達は同じ日に、同じ女の子へ告白していたのだ。

「そっかぁ……凜花も……」

「うん……」

気まずい。

おそらく由那と知り合って以来、一番気まずい瞬間だった。

お互いが四葉さんを好きだと知ったあの瞬間より何倍も気まずくて……それ以上何も言えないまま、何分かが経過した。

「……ちょっと待って」

「え?」

「今日告白ってことは、あたしより後ってことになるわよね」

「そう……だね。由那と会った後だから」

言われて気づいた。

由那も今日告白したってことは、私と会ったときには四葉さんはもう告白されてたってこと？

でも、由那には——

「でも凜花から悲愴さは感じないわよね……」

無意識の独り言だと思うけれど、そう呟かれた由那の言葉は、まさに私が頭の中に浮かべていた考えと全く一緒だった。

由那に、フラれたような感じは無い。そもそも由那がフラれるなんて想像がつかない。

（でも、じゃあ、だったら……？）

四葉さんは私の告白を受け入れてくれた。つまり私と四葉さんは恋人になったってことだ。

「「んん〜……？」」

私と由那は頭を捻りつつ、同時に唸る。

答えはひとつ、とっくに頭に浮かんでいた。

けれど、あまりに大胆過ぎるというか、常識破りなその選択を、あの四葉さんが取るだろうか……

んだけど）

（……いや、案外取るかもなぁ。四葉さんそういうところあるし……まぁ、そこも好きな
　初めて会ったときから予想が全然つかない不思議な人だったからな。

　でも、まさか……

「ねぇ由那。その告白だけどさ……上手くいったんだよね？」

　聞く前から答えは分かってた。けれど、聞かずにはいられなかった。

「うん……凜花も？」

「……うん」

　卒倒しそうな目眩に襲われつつ、私も頷き返す。

　なんていうか……うん。不思議と笑えてきた。

「つまりさ、四葉ちゃんはあたし達両方と付き合ってるってこと、よね？」

「ということは…………二股？」

　たぶん人生で初めて口にした言葉だ。

　まさか私と由那が二股を掛けられるなんて思いもしなかった。

　そして――

「でも、意外と悪くないかも」

「っ！　凜花もそう思った!?」

「わっ、由那!?」

「そうなの！　あたしもそうなのよ！　なんで!?」

勢いよく立ち上がった由那は、私を押し倒す勢いでズンズン迫ってきた。

「二股なんてされたら普通さ、ムカつくって思うはずじゃん!?　プライドずたずたでさ、ありえないって!!　でも……」

由那の勢いは、あっという間に萎んでいく。

残ったのは……普段誰にも見せないようにしている、弱い彼女だ。

「あたしは……凜花と戦わなくていいことにホッとしてる」

「由那……」

「どっちが先か後かなんて些細な話だと思ってた。あたしが先に告白したからって、凜花がその気になれば……って」

「……そうだね」

お互いが四葉さんを好きだって知ってから、私達は幼馴染みで親友で……明確なライバル同士になった。

四葉さんが欲しい——その気持ちはどちらも同じだ。

もしも今日、私が四葉さんに告白をしなくて、由那から報告を受けたとしても……絶対諦められなかったと思う。

そこから先は……想像もしたくない。

私も、きっと由那もそれが嫌で、今まで思いを隠してきたのだから。それがまさか、同じ日にタガが外れてしまうなんて思いもしなかったけれど。

「二股……か。なんていうか、最適解に思えてきた」

「あたしも。だって、あたしも凜花も、四葉ちゃんを彼女にできるんでしょ？」

「由那は独り占めしたいって思わないの？」

「思わなくはないけど……凜花と戦うより全然いいわ」

それはまったく同意見。

妥協でもなんでもなく、それがベストなんだって心から思う。

「ま、あたしの方が四葉ちゃんを愛してるのは間違いないし？」

「……それは聞き捨てならないな。私の方が四葉さんを愛してる！」

「なにをぉ！」

「なにさっ！」

ここに来て思いっきりガンを飛ばし合う私達。

二股はいい。でも一番を譲るわけじゃない。

由那だけじゃない……四葉さんのご両親、四葉さんが溺愛している妹さん達よりも、胸を張って四葉さんのことが好きだって言えるようになるくらいもっと四葉さんのことを好きになるし、好きになってもらいたい。

　そんな人並みな欲は当然あるのだ。二股だろうがなんだろうが。

「「むむむ……！」」

　その日、私達は朝が来るまで、どちらがより四葉さんを理解しているかひたすら競い合うのだった。

（なんてこともあったけれど……）

あの日のことを思い出し、今でもあの時の私達は間違ってなかったって思う。

四葉さんが二人とも選んでくれたなら、私達もそれに従おうって。

でも……それはある種、逃げたのと同意なんだ。

私達は自分の力で四葉さんの気持ちを射止めたわけじゃない。妥協によって作られた関係は自信じゃなく不安を生む。

（もしも、四葉さんが他の誰かを好きになったらっていう不安を……）

妹さん達が四葉さんをそういう意味で好きだって知った時も、正直かなり動揺した。

まぁ相手は血の繋がった妹さん達だし、四葉さんもその気は無い……というか、本当に理解してるのってくらいお気楽で逆に妹さん達が不憫に感じてしまうというか……

とにかく、今度はそうはいかない。

「幼馴染みかぁ……」

「そんなのいるなんて全然知らなかったわよ。四葉ちゃん、あたし達が初めての友達って言ってたのよ？」

「そうだけどさ……四葉さんだからなぁ」

「ま、案外いい加減な……こほん、色々大げさな子ではあるけどね」

ちょっとした記憶違いだったり、何かと大げさなことを言ったり、四葉さんは何にも——過去にも縛られない自由な子だ。

幼馴染みの一人や二人出てきても、驚きはするけれど有り得ないとは思わない。

ただショックはショックだ。幼馴染みといえば私にとっての由那みたいなもの。

「ね、凜花知ってる？　幼馴染みってさ、結構あれこれ邪推されがちなのよ」

「知ってるも何も、私だってそういう目で見られてきた張本人だよ」

だからこそ、由那は私達の間に聖域という関係性を作り上げることができた。

私達がお互い既に目立つ存在だった、というのもあるけれど、物心ついた時から一緒にいた由那とは、誰よりも深い絆で結ばれている。

そんな幼馴染みが四葉さんにもいて、しかもフリとはいえ恋人になるよう頼んできた……

たった一年ちょっとの付き合いしかない私達とは違う、血の繋がりという壁も無い、特別な相手。

「大丈夫よ」

「由那」

「大丈夫……きっと、大丈夫」

由那はそう、何度も繰り返す。

どう見たって大丈夫じゃない。でも——

「……そうだね。きっと大丈夫さ」

私もそう繰り返す。

何度も、何度も……少しでもこの胸の締め付けが緩むように願いながら。

それでも無意識にぎゅっと握った拳は、一向に解ける気配を見せなかった。

第三話「思い出の水族館デート（？）」

YURI*TAMA

由那ちゃん、凜花さんとのデートからまた数日が経った。

またもや妹達に白い目で見られつつおめかしをし、逃げるように家を出たわたしは、約束通りすぐそこにある真希奈の家へとやってきた。

「よし、時間ぴったし！」

改めて気合いを入れ、インターホンを鳴らす。

ドアの向こうで音が鳴るのを確認して——数分。

「お、お待たせしましたっ！」

ちょっと慌てた感じで真希奈が出てきた。

「おはよう、真希奈」

「お、おはようございます、ようちゃん」

真希奈はそわそわと、落ち着かない感じだ。

なんだか初心な反応で、かわいい。

「とりあえず、上がりますか？　すみません、私、ちょっとまだ準備ができてなくて」

「あっ、もしかして早かった？」

「いえっ！　どんな服着ていこうか悩んじゃって……外も暑いですから、どうぞ」

招き入れられるまま真希奈の家に入る。相変わらず、家の中には他の人はいないみたい。

そしてリビングには――

「わっ、すごい数のお洋服！」

まさに真希奈の言った通り、たくさんの洋服が広げられていた。

「なんだか、迷路に迷い込んじゃいまして」

「意外。真希奈、ファッション詳しそうだし、ビシッと選びそうなイメージだけど」

「そんなことないですよっ。確かにお仕事では色々なお洋服を着ますけど、殆ど（ほとん）スタイリストさんが選んでくれる衣装をそのまま着ているだけですから。自分では、まだ全然です」

恥ずかしそうにはにかむ真希奈。

ちなみに今着ているのは前と同じ部屋着（これもやっぱりめちゃくちゃ似合ってる）だ。素材が良ければなんだって素敵に見える。

対するわたしは、白のボタン付きシャツと緑のチノパンに、黒のスニーカーという実に普通な格好で……いやいや、これでもちゃんと考えたんですよ!?

行き先を考慮して、定番ファッションを調べて、わたしに似合いそうな服を並べて――

いくらポンコツ・陰サイド・元ぼっちなわたしでも成長するんだから！

　とはいえ、もっと考えた方がよかったかも。なんたって相手は真希奈。活動休止中とはいえ国民的アイドルなのだ。その隣を歩くと考えたら……なんか、怖くなってきた。

「ようちゃん、今日のコーデ、ようちゃんらしくて素敵です」

「……それ、褒めてる？」

「？　はい」

　こてっと首を傾げる真希奈。

　いかんいかん。ついつい卑屈なわたしが出てきて、身に降り注ぐ全てが悪意なんじゃないかというネガティブ思考になってしまっていた。

「でも、ようちゃんがそういう服装なら……決めました！　少し、待っていてください！」

「う、うん」

　何着か洋服を掴んで、ぱたぱたと奥に引っ込む真希奈。

　そんな彼女を見送りつつ、とりあえずソファに腰を下ろす。

　リビングの物は前回来た時と殆ど変わりが無かった。

　特に物も増えてなくて、質素なイメージ。本当に真希奈以外誰も住んでないんだなって分かる。

（寂しくないのかな……）

真希奈は一人の時間が欲しかったたって言ってたけれど、それがずっとじゃ話も変わってくると思うし――

(……なんて、お節介かもしれないけれど)

わたしは望まずとも独りの時間が多かったから、ここで真希奈が一人でご飯食べてるところとか想像すると胸がきゅっとなる。

それに、わたしには家に帰ればお父さんとお母さんと、桜、葵がいてくれた。わたしがわたしでいられて嬉しいって思えたのは、家族がいたからだ。

真希奈にもしもそれがなければ……本当につらいと思ったとき、傍にいてあげられるのは――

「ようちゃん」

「っ!」

「えへへ、お待たせしました」

「あ……」

真希奈の声に、反射的に振り向いて――わたしは言葉を失った。

そこにいたのは完全に、アイドルの天城マキだった。

シンプルな純白のワンピースは、ウエディングドレスなんじゃないかって三度見したくらい。

清楚、清廉、純真……わたしの不足気味な語彙データベースの中からそれっぽいワードが浮かんでは彼女に当てはまっていく。

「どう、でしょう。ちょっと地味ですかね？」

「え……っと、ぜ、全然地味なんかじゃないよ!?　むしろなんで地味ってなるのってくらい輝いてるっていうか！」

「お、大げさですよ」

真希奈は謙遜しつつ、はっと思いついたようにスマホの画面を見せてくる。

「えっと、インターネットでコーデを調べてたら、暗いところでは明るい色がいいって見たので！」

「あ、そのサイトわたしも見た！　なんか老け顔になるって」

「ふふっ、だからようちゃんも白のシャツなんですね」

真希奈が嬉しそうに微笑む。

「ようちゃんのお洋服を見て、私もこれがいいかなって決めたんです。ちょっと控えめなペアルックって感じで雰囲気も合うかなって」

「な、なるほど！」

正直、真希奈とわたしじゃ素材の質が違いすぎて、洋服を合わせてもとても釣り合わないとは思うけれど。

真希奈はさながら深窓の令嬢って感じ。対するわたしは……村の少年？

二人並ぶと、お嬢様のお忍びデート、身分違いの恋って言葉が似合いそうだ。

でも、今日のはデートだし、それでもいいのかな？

「あとあと、これを被って、これをつければ……完成ですっ」

そう言いつつ、真希奈は可愛らしい帽子と伊達メガネをかける。

「どうでしょう？」

「か、可愛い……！」

「そ、そうじゃないですっ！　その、一応軽く変装というか……」

「あっ、そういうあれか！」

普通にオシャレの上乗せだと思った。

確かに芸能人のお忍びデートはこうやって変装するイメージがある。

目的が『週刊誌にデートシーンを撮られる』って考えれば、リアリティも出てくる。

肝心のお忍びができてるかは分かんないけど！

「ふふっ、ようちゃんっ！」

真希奈は無邪気に笑って、わたしの腕にぎゅっと抱きつく。

ほええ、良い香り……

「こうしていれば、私達ちゃんと恋人に見えるでしょうか？」

「ひ、人によれば……？」

「では、もっと頑張った方がいいでしょうか？」

「う、ううん！　頑張られると余計差が広がるというか」

ごにょごにょと誤魔化しつつ、確かな劣等感に襲われるわたし。

いやほんと。幼馴染みじゃなかったら絶対人生が交わることなんかなかっただろうなぁ。

「あっ、ごめんなさい、ようちゃん。私が準備に時間を掛けてしまったので、そろそろ出ないとバスの時間が……」

「あ……そっか。そうだね、うん」

わたしはネガティブ――いや、これに関しては分相応な考えだけど、それは一旦振り払いつつ、今は目の前のデートに目を向ける。

わたしのわがままを許してくれた由那ちゃんと凛花さん。

そして、お願いに対するお願いを快く受け入れてくれた真希奈のために。

わたしでもできることを精一杯やろうって決めたんだから！

一旦、前日に遡る。

『一日だけ、ですか……？』

「……うん」

プールでの、二人とのデートを経て、悩みに悩んだ結果出したわたしの答えを真希奈に伝える。

電話越しで表情は見えないけれど、驚いてるのははっきり感じ取れた。もしかしたら失望も混ざってるかもしれない。

「真希奈の力になりたい。それは本当だよ。でも、周りにも心配かけたくなくて……」

『そうですか……』

「ご、ごめんね」

『いえ、当然のことですよ。無理を言っているのは私ですから』

わたしの勝手なお願いを、真希奈は笑って許してくれた。

週刊誌の張り付きを剝がすために真希奈と付き合っているフリをする——それを叶えたいと思いつつ、浮気はできないから……だから、わたしは真希奈に「デート、一度だけなら」とお願いさせてもらった。

もちろん、その一回で解決しなかったら次も考えなきゃいけないかもだけれど。

『では早速、明日なんてどうでしょう？』

「えっ！　明日!?」

『はい。あ……もしかして、既に予定が入っていましたか？』

「う、ううん！　暇だけど、いきなりでビックリしちゃって。……その、真希奈は大丈夫なの？」

『私から言い出したんですし、当然ですよ。というか、最近は仕事から解放された反動か暇を持て余してしまっていて』

恥ずかしそうに笑う真希奈。

いや、全然恥ずかしがることなんか無いのに！

同い年なのに、もうお金を稼いでるなんてすごすぎる。

中学からデビューして、スターダムを登り詰めて……ほんと、

「真希奈は、すごいな……」

『ようちゃん？』

「あっ……ううん、なんでもない！」

別にすごいって褒めることくらいダメじゃないと思うけれど、わたしの言葉には自分でも分かっちゃうくらい劣等感が滲んでいた。

咄嗟に誤魔化しつつ、迎えにいく時間を決めて、ボロが出る前に電話を切った。

「ふぅ～……」

なんだか、由那ちゃんや凜花さんと電話するときとはまた違う緊張感がある。

考えていることはきっと、「変な子だと思われたくない」っていう同じものだと思うんだけどなぁ。

「にしても……天城マキ、か」

なんとなく検索してみると、楽曲がわたしの登録しているサブスクで配信されているのに気が付いた。

「うわ、こんなにたくさん出てるんだ……ランキングもめっちゃ高いし」

コメント欄には、活動休止を知って改めて聞いてみたらやっぱり最高だったって声や、活動休止を悲しむ声がたくさん寄せられている。

(ここにいる人達はみんな、真希奈――天城マキが大好きなんだ)

ベッドに寝転がって、日間ランキング一位になっている楽曲を再生する。

(あ、聞いたことある、これ)

ニュースとかで真希奈のいるグループ『シューティングスター』が出てきたり取り上げられたりするとよく流れている、代表的な歌だ。

耳に残るメロディ、五人の歌声のハーモニー。一瞬で大好きになれる魅力に満ち満ちている。

そしてその中でも――

(真希奈、めっちゃレベル高い……！)

グループの輪を乱さず、それでいて頭一つ抜けた輝きを放っている。

完全素人目だし贔屓目も入ってるんだろうけれど、声だけでそう思うのだから実際のステージはもっとなんだろう。

よく、「生まれ変わるならあの芸能人になりたい」みたいな話も聞くけれど、天城マキに関しては「生まれ変わってもああはなれない」という考えが先に立つとか。すっごく分かる。

「わたしも捻くれてなかったら絶対ハマってただろうなぁ」

一曲聴いて既にファンになってる自分がいる。そのまま次の曲を再生して、「あ、好き」ってなって。

さらにはメンバーのソロ曲もがっつり聴いちゃって、特にお気に入りな曲は鼻歌で追えるようになるくらいリピートしちゃって。

「えっ、もう日ぃ出てる⁉」

気が付けば一睡もできないまま日の出を迎えていた‼

「ま、まずい！　これからデートなのに‼　い、いや、今からでも多少は寝れるはず……」

時計を見るとギリギリ朝の五時前。

待ち合わせは十時。しかも真希奈の家に迎えに行くことになってて、移動時間は一分も掛からない。

もちろんある程度余裕を持って準備したいから、一時間前には動けるようにして……九時まで寝るなら四時間はある！

わたしはすぐさまスマホを手に取り、家族のチャットグループに「夜更かししちゃったので今から寝ます！　朝ご飯とお昼は各自でよろ!!」と送りつけた。

家事放棄はあるまじき失態……！　でも背に腹は代えられない！

一回だけと頼んだのに、その一回も適当に済ますなんて、人として最低だ。

家族には必ず埋め合わせをするから……今は、全力で寝る!!

「おやすみなさーいっ!!」

……なんて、気合いを入れるのは逆効果で。

結局寝付けるまで一時間近く掛かってしまったのだった。

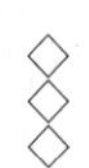

「……ちゃん。ようちゃん」
……はっ！
「真希奈っ、わたし今寝てた!?」

「いえ。少しぼーっとしてはいましたけれど」

いけない。一瞬意識が飛んでいた感じがする。

えーっと、確か真希奈の家に行って、真希奈の準備ができるのを待って、一緒に家を出て——そうだ、今歩いてるのは駅に向かう道！

「もしかして寝不足ですか？」

「え？　あー……うん、ちょっと」

一瞬誤魔化そうとも思ったけれど、やっぱり正直に白状した。

「もしも体調が悪かったら、別日にずらしましょうか……？」

「ううん、大丈夫！」

気を遣ってくれる真希奈に感謝しつつ、でもその厚意は受け取れない。

だって出発前、デートのために悩む真希奈の姿を見てしまったから。

あれだけ真剣に今日のことを考えてくれてる真希奈に対して、「じゃあまた今度」なんて別れることはできない。

それに——

「実は、昨日真希奈達の歌を聴いてて」

「私の歌ですか？」

わたしは普段使っているサブスクで真希奈達の歌が配信されていたことを伝えた。

真希奈もたぶん配信のことは知っていて、「あー……」と頷いたけれど、すぐに困ったような微笑みを浮かべた。

「なんだか、ようちゃんが聴いてくれてるって思うと、照れちゃいますね」

「えー、今更じゃない？　だって、もう何万、何十……ううん、何百万、何千万の人が真希奈の歌を聴いてるだろうし！」

「それはちょっと大げさな気がしますが……でも」

真希奈は苦笑しつつ、おずおずとわたしの手を握る。

「今の私は、ようちゃん一人に聴いてもらえていることが嬉しいんです」

「あ……」

そして、指と指を絡めるみたいに、ぎゅっと強く握り込みながら——なぜか顔を寄せてくる。

「ま、まきな……？」

テレビで見るよりずっと精細で綺麗なご尊顔がぐっと近づいてきて、わたしは呼吸も忘れて見とれて、動けなくなってしまった。

（ま、まさか、き、キス……!?）

まだデートは始まったばかりなのに！　駅に向かう最中の路上で!?

っていうか、それよりもなによりも、さすがに恋人のフリとはいえキスはさすがにさすがに！

　なんて葛藤しつつ、でも拒絶は口にできなくて固まるわたしに、真希奈はどんどん近づいてきて――ふっ、と唇を避けると、口をわたしの耳元に寄せてきた……？

「大好きだよ、君の全てが～♪」

「あっ……!?」

　真希奈の吐息がわたしの耳を撫でると同時に聞こえたメロディーは、昨晩わたしが聴いた、天城マキのソロデビュー曲の一部だった。

「ふふっ、どうでしょう？　自分で言うのもなんですが、これでもマイクを通さない生歌は結構レアなんですよ？」

「び、びっくりした……」

　バクバク心臓が音を立てている。

　最初はキスされるかもって身構えた緊張で――今は、真希奈の歌を聴いた興奮で。

「ようちゃんにずっと歌いたかったんです。だってこの歌の歌詞は、ようちゃんの為に書いたんですから」

「え？…………えええええっ!?」

　天城マキ、ソロデビュー曲。

　そのタイトルは……『大好きなあなたへ』。

紛れもない、純度100%のラブソングだ。

感情の乗った熱い歌声と、大好きを隠そうともしないパワフルな歌詞に、女のわたしもキュンキュンしちゃってどうしようもなかったのに、まさかそれがわたしに向けられたものだったなんて!?

「ていうか、真希奈、それってつまりわたしのこと……」

ど、どうしよう!?

真希奈が求めてたのは、週刊誌を撒くための都合のいい嘘の恋人じゃなかったの!?

まさか本気でわたしのこと……!!

「ふふっ、なんちゃって」

「……へ?」

「ようちゃん、表情がころころ変わって可愛いです」

いや、ころころ変わってるのは真希奈の方だ。

さっきまで瞳を潤ませてたのに、今はそんなの見間違いだったみたいにからっとした笑顔を浮かべていて――

「……はっ!　もしかしてからかった!?」

「どうでしょう?」

「もう、真希奈ったら!　心臓に悪いよーっ!」

「ふふふっ、ごめんなさい、ようちゃん」

ぺろっと舌を出してお茶目に笑いつつ、わたしの手を握って歩く真希奈。

冗談かぁ……とホッとしつつも、その一挙手一投足にドキドキさせられる。

さすがはアイドル。人によってはガチ恋して、生活費を投げ打ってでも貢ぎたくなっちゃうらしいけれど、その気持ちは理解できなくもない。

（わたしもすでに付き合ってる人がいなかったら即死だった……ううん、恋人がいたり結婚してたりしても推し活は別って人もいるらしいし、好きになっちゃうくらいいいんじゃ――）

そんな葛藤をするわたしの気を知ってか知らずか、真希奈はご機嫌そうに鼻歌を歌っている。

ああ、神様。どうか今だけわたしの手のひらから汗腺を消し去ってください！

わたし達の最寄り駅から電車に乗って三十分。そこから徒歩でさらに三十分くらいの距離に、それはある。
でもさすがに夏の暑さの中三十分も歩いたら、汗でぐちゃぐちゃになってデートどころ

じゃない！

そんな悩める乙女のため……ってわけでもないだろうけれど、駅と水族館の間は有料の送迎バスが走っている。

そんなわけで、事前に時刻表を調べ、ちょうど送迎バスに乗れるように出発し——目論見通り、バスに揺られ十分！

「ついたー!!」

ここに来るのは実に十年以上ぶりだ。

「わぁ……すっかり変わりましたね。なんだか外観もきれいになったというか」

「ねー。わたしもびっくり！」

わたしと真希奈は、かつて一緒にここに来たことがある。

海の森水族館。わたしたちの住んでいるところからだと一番近い水族館で、けれど幼稚園以来来ることのなかったこの場所が本日のデートスポットだ。

「でも、本当にここでよかったの？　わたしも真希奈と来たとき以来だし、案内とか全然できないけど……」

「むしろ最高です！　子供の頃来た場所に、大人になって——というのはまだ気が早いかもしれませんが、こうしてまた二人で来れたことが何より嬉しいですから」

「真希奈……」

なんというか、すっごくできた子だ！　甲斐甲斐しいというか、さすが彼女にしたい芸能人ナンバーワン！（さっき調べた）

「な、なんて話してないで、券売所並びましょう！」

ちょっと照れた感じの真希奈が誤魔化すように手を引っ張ってくる。

見れば券売所には家族やカップルが何組か並んでいた。平日の昼間だからすいてると思ってたけど、夏休みだもんな。

「あ、なんかスマホでも買えるみたいだよ。へー、ＱＲコードを通せばってやつだ」

「へぇ……でも、ようちゃんがよければこのまま並んで買いたいです。電子で買うんじゃ、味気ないですし」

「それもそっかぁ。紙のチケットなら記念になるもんね！」

なんて話してたら、あっという間にわたし達の番がやってきた。

入場チケットを買うだけで、元々そんなに待つ列でもなかったみたい。

ほんのちょっとの時間短縮のためにスマホに頼らなくてよかったたぁ。

「なんか、ちょっと意外かも」

「なにがですか？」

「想像だけどさ、真希奈ってなんか効率的にいろいろこなしそうっていうか」

「ふふっ、そうですね。忙しいときはいかに効率よくスケジュールを組み立てるかが大事るとかざらだし。

わたしなんて、ついだらだらしちゃって気がつけば何もしないまま夕方になっちゃって

「なんて、スケジュール管理はマネージャーの仕事ですから。私はただ連れ回されるだけでしたし、間違っていないと思いますよ」

わぁ、大人っぽくてかっこいい。

なんですけどね」

「へ～」

「それに……大事なことにはたっぷり時間をかけたいんです。ようちゃんも言ってくれたじゃないですか。記念になるって」

買ったばかりのチケットを見せびらかすようにしながら、真希奈は笑う。

「私、これ宝物にします。たった一日だけでも、ようちゃんが私とデートをしてくれた証(あかし)ですし」

「ふぐっ！」

か、可愛い……！　というかあざとい！　でも可愛い！　あざといは可愛い!!

こんなの恋しちゃうよ！　好きになっちゃうよ!!

幼馴染みってだけでこんないい思いしちゃっていいんだろうか。ファンの人たちにバレたら確実に殺されるよね、わたし!?

「ようちゃん？　どうかしました？」

「う、ううん、なんでもない……」

なんというか、改めて心臓が持つか心配になってきた。いろんな意味で。

子供の頃の思い出なんて当てにならないもので、十年前から何度か改装を重ねた水族館の中は、もうほとんど初めて来たのと同じってくらい様変わりしていた。

具体的に何が変わったか思い出せないくらい……もうほとんど初めてだ。

それは真希奈も同じみたいで、入館してすぐに手に入れた館内マップをにらみつけながら、むむむと唸（うな）っていた。

「ここまで変わっちゃうと、ようちゃんとの思い出巡りなんてできませんね……」

「あはは……たしかに」

懐かしむどころか初めての新鮮さばかり味わわされそう。

もちろんわたしも真希奈も全く悪くないんだけど、真希奈のがっかりした姿を見ると、なんだかちょっと申し訳無く思ってしまう。

「で、でもでも！　新しいのも楽しそうだよ！　ほら、一粒で二度美味（おい）しい、みたいなさ。

きっと真希奈も気に入るよ！」

　ちょっとばかしは気を遣いつつ、でも殆ど本心でそう言い、今度はわたしの方から真希奈の手を取る。

「行こっ。実際に見てみないとわからないよ」

「わっ、ようちゃん!?」

　そして、手を取った勢いで、真希奈を引っ張って歩き出した。

　ぶっちゃけこのまま後手後手に回るのも幼馴染みとして情けないし、引っ張るときは引っ張らなきゃ！

（暗い顔してたんじゃ、本来の目的だって果たせないだろうし）

　ちょっと言い訳っぽいかもだけど、忘れないようにしないと、ついつい本気にしちゃいそうになる。

　わたしと真希奈は恋人で、真希奈はわたしのことが好きかもしれない……って。

　そんなこんなで、少し期待を破られてテンションの落ちてしまった真希奈だったけれど、結果的に言えば、その気まずい雰囲気はほんの一瞬だけしか続かなかった。

「みてみて、真希奈！」

「わぁ……!!」

最初の扉を潜って、暗い廊下を進んだ先――そこには、まるで海の一部を丸ごと切り取って運んできたみたいな、壁一面覆うくらい巨大な水槽がそびえ立っていた！

太陽のような柔らかな光が差し込む水槽の中を、無数の魚が悠々と泳ぎ回っている。

その雄大で、美しい情景を前に、わたしも真希奈も、ただただ見とれるしかなかった。

「……子どもの頃」

「ん？」

「前にようちゃんと一緒に来たときも、なんだか似たようなことがあった気がします」

水槽を見ながら、呟くように真希奈が言う。

「ようちゃんと一緒にこの水族館に来た日……何の日だったか、ようちゃんは覚えていますか」

「うん、真希奈の誕生日だったよね」

「あ……覚えてくれたんですね」

「なぁに？　自分から聞いたのに」

そう余裕ぶって笑ってみるけれど……残念ながら、ちゃんと覚えていたわけじゃない。

真希奈と一緒にこの水族館に来るってことになって思い出せたというか……実際にここに来て、今もまさに思い出してきているというか。

「あの日、真希奈のお父さんとお母さんがお仕事になっちゃって、代わりにうちのお父さんが真希奈とついでにわたしをここに連れてきたんだよね」

ちなみにお父さんもお母さんは桜と葵のお世話があったからお留守番。

お父さんも真希奈を気遣って、基本彼女のことはわたしに任せてくれて――といっても、幼稚園児になにかできるわけもないから、落ち込む真希奈の手をぎゅっと握ってあげることしかできなかったんだけど。

そうだ。あの時確か……

「真希奈は本当は動物園に行きたかったんだよね。お魚なんて興味無いのにって」

「気が付いてたんですか!?」

「気が付いてたっていうか、自分で言ってたよ。覚えてない？」

「お、覚えてません」

真希奈は恥ずかしそうに顔を逸らす。本気で照れてるのか、耳まで真っ赤だ。

「あの頃の真希奈。思ったこと全部口から出るタイプだったよね」

「う……小さい頃の話はやめてください……」

「自分から言いだしたのに」

思わず頬が緩む。

わたしも、真希奈も、そしてこの水族館も。

あの頃とはみんな全く変わってしまったけれど、なんだかちょっとばかし、あの頃に戻れた感じがする。

「私の中では、この水族館にようちゃんと来られたのは最高の誕生日だったんです！」

「それ、なんか美化してない？」

「むう……！」

「ふふふっ、ごめんごめん」

ぷくっと膨れた真希奈は、幼稚園児とまでは言わないけれど子どもみたいだった。

それこそ、テレビの向こうの天城マキ、この間再会したばかりの彼女はずっと大人びて見えたのに。

「あの日もこんなすごい水槽じゃなかったかもだけれど、わたしも真希奈もすぐに夢中になっちゃってたよね」

「そうですね。でも、小さい私にとっては、今よりずっと大きく見えて……すこし、怖かったです」

真希奈は、ぎゅっとわたしの手を握る力を強くする。

「流行ってたじゃないですか。『無人島に何かひとつだけ持って行けるなら何を持って行くか』って」

「あー、よくある定番の質問ってやつだよね」

「ここに来た時、大きな水槽を見上げながらつい思っちゃったんです。ふとした拍子で水槽が割れて、私達は目の前の大きな海に飲み込まれて……そのまま無人島に流されちゃったらどうしよう、とか」

「あはは、なんか真希奈っぽい」

あの頃の真希奈はけっこうネガティブな子だった。

でも一緒にいて暗くなるとかは全くなくて、むしろわたし的には面白かったり可愛いって思ったり、好きなポイントだったけれど。

「だから私、そうなってもいいように、あの時必死にようちゃんの手を握ってたんですよ」

「それ、わたしを無人島に連れて行きたいってこと!?」

自慢じゃないけど、わたしを連れて行ってもなんの役にも立たない自信がある。

水槽には沢山のお魚が泳いでいて、イワシなんていっぱい集まって魚群を作ってる。でも、わたしじゃその一匹も捕まえられないだろう。

「ようちゃんと一緒なら、無人島だろうとどこだろうと楽しく過ごせると思いますし」

「そ、そうかなぁ？」

「実際今も楽しいですから」

一緒にお魚を眺めているだけなのにそんなことを言ってくれるなんて、わたしが楽しませているというより、真希奈がただただ良い子ってだけでは……？

まぁでも、悪い気はしない。だって一個だけってお題の中選んでもらえるなんて中々あることじゃ……あれ？

「よくよく考えたら、わたし物扱いされてない!?」

「あっ、気づいちゃいました？　ふふっ、さっきからかわれたお返しですっ」

「べ、別にからかってないよ!?」

「いーえ、からかってました！」

なんて、子どもみたいにやったやってないを押しつけ合うわたし達。

でもどっちも本気じゃなくて、どっちも笑みを堪えられなくて……なんだか、心地が良かった。

「ほら、ようちゃん。まだ始まったばかりですから。次進みましょう？」

「うんっ！」

思えば、あの頃もこうだった気がする。

水槽の前で圧倒されて、本当は動物園に行きたかったとか、真希奈の誕生日祝いとか、そんなこと忘れて思いっきりはしゃいじゃって、ちょっとお父さんを困らせて。

昨日とか、明日とか、なんなら今日だって、難しいことなんにも気にしなくて良かったあの頃みたいに、また真希奈と過ごせているのが嬉しい。

（もしも、今のわたしのダメダメ具合を知ったら、幻滅されちゃうかもだけど……今日一日くらい、頑張れるよね。わたしだって……）

ちゃんと真希奈の期待に応えられるように、わたしは改めて決意を固めつつ、ぎゅっと真希奈の手を握り返すのだった。

それから順路を進みながら、色々なコーナーを見て回った。

最初の方は日本の海を冷たいところだったり、海藻の豊かなところだったり、深海だったりと、細かく分類しながら色々なお魚を紹介していた。

他にも色鮮やかなもの、食用で有名なもの、「本当に魚？」って疑いたくなるような奇抜な格好をしたもの……色々な海の生き物がこれでもかってくらいたくさんいて……わたしと真希奈はきらめく海の中を夢中になって探検した。

「見て見て、フグだって！」

「え、これがフグ……？　なんだか、もっとまんまるなのを想像してました」

「ね。なんか普通だよねー。あっ、じゃあさ！」

水槽の中を泳ぐ普通サイズのフグを見つけては、代わりにわたしと真希奈がぷっくら頬を膨らませて自撮りしてみたり。

「へー、風景に擬態する魚ですって」

「えっ、これ本当にこの中にいるの!?」

「たぶん海藻とか地面に……あ、一匹いました！」

「ええっ!?　どれどれ！」

「ほら、あの海藻のところに」

「わっかんないな～……」

小さなガラス窓に顔を寄せ合って、隠れた魚を探したり。

ひとつひとつの水槽の前で足を止めて、おしゃべりして、写真を撮って――

そしてさらに奥へ進めば、

「わ、着いた！」

水族館と言えば定番で、誰もが心を奪われるコーナーが目の前に現れた！

「すごい大きなプール……あっ、ようちゃん！　もう泳いでますよ！」

「え、どこどこ――ホントだ！」

沢山の客席に囲まれた大きなプール。

そこには背びれを水面から出しながら、悠々と泳ぐイルカの姿があった。

そう、ここは『海の森スタジアム』――イルカショーの会場なのだ！

「前来た時にも見たよね、イルカショー！」

「はいっ！　まぁ、こんなに立派なプールじゃ無かったですけど」

「せっかくだし見ていこうよ。えーと、スケジュールは……あれだ！」

観客席に降りる階段のそばに立てかけられていた看板の記載を見るに、次のショーは今から一時間後。

一日五回、一時間半おきに行われているらしい。

「結構ありますね」

「じゃあ他のところを先に回って――あっ、そうだ！　せっかくだしもうお昼ご飯食べちゃわない？」

「お昼ですか？　でも、この辺りで売ってるのポップコーンとかスナック菓子くらいですけど」

「ふっふっふっ、ところがどっこい！」

困惑する真希奈に、ドヤるわたし。

そして鞄（かばん）から、今日のために用意したお弁当を取り出した！

「じゃーん！　ちゃんとここに用意してあるのですっ！」

「それって、ようちゃんの手作りのお弁当ですか!?」

「ふふん、その通り！……といっても、今朝はけっこうバタバタしちゃったから、あんまりかもだけど……」

ドヤったはいいものの、ドヤるほどじゃなかった。

実際、夜更かしからの早起きで、慌てに慌てて作るのに掛けられた時間は僅か三十分弱しかなかった。

なんとかぎりぎり最低限の準備時間を駆使して、昨日の内に作り置きしていたものを温め直したり、その間に卵焼きとかウィンナーソテーとか、簡単なものを作って——

冷静に考えてみれば、この程度の完成度なお弁当を真希奈に差し出すなんて恐れ知らずにもほどがあるんじゃ!?

(っ!)

心なしか、真希奈も困惑して見えて、心臓がばくんと跳ねた。

「な、なんて真希奈の口には合わないかな……」

なんだか無性に恥ずかしくなってきて、わたしは出したばかりのお弁当箱を早速しまいたくなっていた。

わたしにとって、料理はたぶん唯一誰かに誇れるものだ。

小さい頃から家事をお手伝いしてきて、でも掃除とか洗濯は中々外に見せられるものじゃない。

料理も、あまり機会はないけれど、でもそれなりに……って自負はある。

でも……あくまで「それなり」なんだ。

真希奈はアイドルだ。仕事でも、プライベートでも、たくさん美味しい物を食べてきただろう。

芸能人の食生活っていったら、毎日毎食外食したりとか、手作りにしても聞いたことのない高い食材や調味料を駆使した実に凝った物ばかり……というイメージだ。

真希奈の普通と、わたしの普通はもう違う。

わたしの美味しいは、真希奈にとってはそうじゃないかもしれない。

（う……うわー！　無謀すぎる、わたしっ!!）

失敗した。また間違えた。

なんで昨日のうちに気が付かなかったんだろう。ううん、あとちょっとばかし考えて行動していれば――

「ぁ………」

「えっ!?　どうしたの、真希奈!?」

わたしが弁当を引っ込めようか葛藤していると、なぜか真希奈がぽろぽろと涙を溢していた。

「ご、ごめんなさいっ！　私……」

「あ、いや、えと……」

必死に涙を拭う真希奈を前に、わたしは弁当を持ったまま固まるしかなかった。

泣きたいのはこっちなんだが!?　とまでは言わないけれど、何か、そんな泣かせてしまうほどに悪いことだったんだろうか……？

「違うんです……私、う、嬉しくて……！」

「え、嬉しい……？」

「だって、お弁当の手作りなんて、用意してきてくれるなんて思わなかったですし！」

真希奈はちょっと興奮したみたいに早口で捲し立ててくる。

そこに嘘っぽさは全然無くて、一切余裕の無い必死さばかりが伝わってきた。

「私……どこかで疑ってたんです。ようちゃんは今日、義理で付き合ってくれているだけなんだって」

「そんなこと……」

「もちろん、それでもよかったんです。私にとって、こうしてようちゃんと一緒にいられるだけで意味があったから」

週刊誌の張り込みに対する対策。それがこのデートの目的だ。

わたしだって忘れてない。ちゃんと覚えてる。言われれば、ちゃんと思い出せる。

でも……

「ありがとう、ようちゃん」

「……え？」

「ようちゃんが、今日のために準備してくれてたのが、嬉しくて……思わず素で泣いちゃいました」

「真希奈……いいの？　わたしなんかのお弁当で」

「なんかじゃないです。好きな人の手作りなんて、他のどんなものより嬉しいに決まってます!!」

「すきな、ひと……？」

「あ……!?　い、いえ、今のは言葉の綾と言いますか！」

真希奈はぶんぶんと首を横に振り、誤魔化す。

びっくりした……当然、幼馴染みとしてって意味だよね。

一瞬告白だと思って……うう、顔が熱くなってる。恋人のフリをお願いされたとき経験した筈なんだけどな。

でも真希奈だって悪いと思う！

顔を真っ赤にして、瞳を潤ませて……これもあの時と同じ。本気にしか見えない!!

そりゃあ相手は国民的アイドルですよ!?

でもこちらはしがない一般人！　もう少しこう、なんというか手心というか……

そういうのがあってもいいと思うんですけど!!

「あの、ようちゃん！」

「ひゃい!?」

「よかったら、その……もういただいてもいいでしょうか!?　こうやって目の前に出されて、それでも我慢しろというのはさすがにひどいです……」

「あ、うんっ。ど、どぞ……」

妙な気迫に圧され、わたしはおずおず頷く。

グルメ番組にも多く出演し、行列のできる名店の逸品をこれでもかというほど食べてきたであろう真希奈に出すのはやっぱり恥ずかしいけれど……えーい！　ここまで来たらなるようになれだ！

「じゃあ、あそこ座ろっか」

真希奈の手を引いて、イルカショーの会場の後方席に座る。

ショーの最中で無ければここでの飲食はＯＫ。まだ開演まで時間があり人も少ないけれど、ちらほら同じようにランチを楽しんでいる人達はいた。

「それじゃあ、開けますね！」

「う、うん……」

緊張しつつ、真希奈がお弁当箱を開けるのを見守る。

中に詰めたのはおにぎり、だし巻き玉子、唐揚げ、ウィンナーソテー……なんというか、改めて見ると男子の好きそうなおかずばかりだ。

今日のデートは水族館。でも気温は30度を超え、汗もいっぱい掻くだろう。

そう思って塩分がとれそうなメニューを考えた。これはちょっとやりすぎな気もするけれど。

本当は真希奈の好きなお弁当が作れれば良かったんだけど、さすがに幼稚園の頃の思い出じゃ――

「……たこさん」

「え？」

「たこさんウィンナー。これ、私、大好きだったなって」

真希奈はそう言って、箸でたこさんウィンナーをつまみ上げる。

その控えめな笑顔に、幼稚園の頃の彼女が重なって見えた。

「あの頃はまだ家族だったなぁ……」

「まだ……？」

「いただいてもいいですか？　ようちゃん」

「あ……うん」

「それじゃあ、いただきます」

真剣な雰囲気で、でもちょっと寂しげで。

わたしは、自分の分の弁当箱を開けるのも忘れて、ただ真希奈を見つめていた。

「……美味しい」

　ぽつりと、呟く。

「美味しい。涙が出るくらい、美味しい……」

　真希奈は嘘を吐いてない。気も遣っていない。

　そうハッキリ分かるくらい真っ直ぐな言葉に、わたしはただただ胸を打たれた。

　たぶん、ここまで真剣に、実直に、わたしの料理を喜んでくれたのは、真希奈が初めてだったから。

「なんだか不思議な気持ちです。その姿を見たわけじゃないのに、初めて食べるのに、『これ、絶対ようちゃんが作った料理だ』って分かるんです。温かくて、優しくて、大好きな味」

「お、大げさだよ～」

「大げさじゃないです！　むしろ、自分のボキャブラリーの無さに歯がゆささえ覚えてます……こんなことならもっと食レポの仕事入れてれば良かった……!!」

　むしろそっちが本番では？　なんて思いつつ、つい照れちゃって真希奈を直視できない。

「なんだか一気に食べるのももったいないというか……うぅー……」

「そんな悩むほど!?　こんなのでいいなら、また作るよ――」

「ほんとですか!?」

食い気味に目を輝かす真希奈。

思わず言ってしまった言葉だったけれど、ここまでの反応をされたらさすがにもう引っ込められない。

（いい、よね？　ご飯くらい、友達相手にも振る舞っておかしくないし）

対友達の経験値が少ないわたしだけれど、友達というのはとても気安い関係だと聞く。

だから、この約束もまったくおかしなことはない、筈！

「うん、もちろん。真希奈が喜んでくれるなら、わたしも嬉しいし」

「ようちゃん……！　ぜったい！　絶対ですからね!!」

「う、うん！」

ぎゅっとわたしの手を両手で握り、目をキラキラと輝かせる真希奈。

そんな彼女の期待を前に、わたしは凄まじいプレッシャーを感じずにはいられなかった。

◇◇◇

「ご馳走様でしたっ！」

「お粗末様。喜んでもらえて良かったよ～」

真希奈はあっという間に完食してくれた。

おにぎりも、だし巻き玉子も、唐揚げも、もちろんたこさんウィンナーも、全部美味しいって言ってくれて、作った身としてはこれ以上無く嬉しい。

ひとつひとつ、本当に美味しそうに食べる真希奈を見るのに夢中になって、わたしの分はまだ半分くらい残っていた。

(真希奈、もうちょっと食べたいかな?)

それだったらわたしの分を分けてもいいけれど、さすがに聞くのははしたないだろうか。

でも、わたしが食べるのを待ってもらうのは忍びないし——

「卵焼き、美味しそうですの」

「あ、食べる!?」

「はいですのっ!」

良かった~!

わたしから聞くのはちょっとアレだったし、真希奈の方から聞いてもらえるならそれが一番だ!

そんなことを考え、内心ほっとしていると、左側から伸びた手がひょいっとだし巻き玉子を一切れ摘まんで——あれ、左側?

「よ、ようちゃん?」

わたしの右隣で、真希奈が目をまん丸に見開いている。

そうだ、真希奈が座っていたのは右。じゃあ左は……!?

「うーん！　美味ですの～！」

幸せそうにほっぺたを押さえるその美少女は!!

「咲茉ちゃん!?」

「咲茉ですの！」

咲茉ちゃんだった!!

静観咲茉ちゃん。うちの高校の一年生で、日本とスウェーデンのダブル――ってなんか毎回いきなりこんな説明させられてる気がする!?

いつも神出鬼没に突然現れる彼女は、今も当たり前のようにわたしの隣の席に座っていた。

いや、神出鬼没にもほどがあると思うんですが!?　なんでいるの!?　ここ、ちょっと生活圏から離れた水族館だよ!?

「ヨツバ、奇遇ですの」

「そ、そうだね。こんにちは、咲茉ちゃん」

「ですの～」

咲茉ちゃんは甘えるように寄りかかってきて、すりすりと頭を擦りつけてくる。可愛い。

今日も今日とて、咲茉ちゃんは相変わらず天使だ。

私服らしいゴスロリははちゃめちゃに似合っていて、水族館にお忍びで遊びに来たお姫様って感じがする。

しかも、なんか、すっごく懐かれてる!!　いや、会うたびに一段飛ばしで好感度上昇してるな～って感じは今までもしてたけれど、こんなに、飼い主を見つけたポメラニアンみたいに無防備で無邪気な笑顔で刷り付いてくるなんてビックリなんてレベルじゃない！　何か香水つけてるのかな、すっごくいい香りもするし、日本人には無い海外の血を感じさせる美麗な顔立ちはちょっとお化粧もしているみたいで普段より強い光を放っている。というか普段の咲茉ちゃんに馴染めているほど付き合いが長いわけじゃないし、こんなにべったりされても緊張しかしてないから！　でも本当に可愛いよな、咲茉ちゃん。突然現れられるのは心臓に悪いけれど、咲茉ちゃんなら役得感が勝っちゃうよね。頭の中の声で小金崎さんがゲスト出演したときは恐怖と緊張でどうかなりそうだったけれど、咲茉ちゃんが出てきてくれたらのんびりまったりとしたリラックスタイムが楽しめそう。あぁ、このまま懐いてくれて、わたしの三人目の妹になってくれないかしら。そしたらきっと桜も葵も喜ぶと思う。三人で思いっきり可愛がって……あ、でも咲茉ちゃんはわたしの一個下だから、年齢順的には次女になるのかな？　まぁ、妹に可愛がられる姉っていうのもそれはそれで萌えポイント高いし、咲茉ちゃんっぽいよね。どうだろ。あと何回神出鬼没されたら妹になってくれるのかな～。うふふ。あはは——

「はっ！！？」

右隣から、じと――――っとした強い視線を感じるっ!?

「……ようちゃん」

「ま、真希奈？」

「そちら、お知り合いですか？」

にこーっと笑顔を浮かべる真希奈。

でもその笑顔はいままでのものと違い、芸能界をトップまで登り詰めた者に相応しい、ものすっごい覇気を放っていた。

「あ、いや、この子はわたしのいも――じゃなくて、後輩！　一個下の後輩っ!!」

「いも？　いもってなんですの？　おいもですの？」

「咲茉ちゃん、その部分は拾わなくていいやつだから！　真希奈、この子は静観咲茉ちゃん！　咲茉ちゃん、この子は小田真希奈！　はい、よろしく！　よろしくー!!」

うっかり口から出そうになった欲望を拾われそうになりつつも、とりあえず紹介を済ませてしまう。

強引？　だから何か!?

「マキナ、ですの？　よろしくですの！」

「う、えと……は、はい。よろしく、です」

初対面の相手にも輝くような笑顔を向ける咲茉ちゃんと、対してちょっと押され気味な真希奈。

分かるよ、その気持ち。

咲茉ちゃんと初めて向き合えば、たぶんみんな同じ感想を抱くと思う。

「ところで咲茉ちゃん。咲茉ちゃんはどうしてここに？」

「どうして、ですの？」

「あ、いや、たまたま同じ日に偶然水族館に来るなんて奇遇だなって思って」

「そうですの！　たしかにここでヨツバと会うのは初めてですの！」

ここで、という言い方にちょっと違和感を覚えた。

でもその疑問を口にする前に、咲茉ちゃんは持っていたポシェットからそれを取り出して見せてくれる。

「それって……年間パスポート？」

「ですの！」

海の森水族館は年間パスポートを発行している、と先ほど券売所で知った。

お値段なんと４０００円！　高校生の入場料金が１５００円なので、１、２………３回？

一年間に3回入場券を買うなら、年パスを買っておいた方がお得になる計算だ。たぶん。

……合ってるよね？

とにかく年パスを買ったなら来れば来るだけお得になる。一年間は実質タダで入れちゃうんだから！

そしてそれを持っているということは、わたし達がここに来た日に偶々咲茉ちゃんが来てたのではなく、咲茉ちゃんがここに来た日に偶々わたし達が来たって方が正しいかもしれない…………

だからなんだって話だけど!!

「このお弁当、ヨツバの手作りですの？」
「うん、そうだよ」
「やっぱりですの！　このお弁当からはヨツバのにおいがしますの～」
「わたしの……におい？」

おにぎり、だし巻き玉子、からあげ、ウィンナーソテー……ここにわたし要素あるだろうか。

もしも普段からそんなにおいを発してたら、歩いているだけでエサと勘違いした野良猫にところ構わず噛み付かれちゃうだろう。

「すんすん、すんすん」

なんて、わたしのリアクションを気にせず、お弁当とわたし、交互に鼻を近づけにおいを嗅いでくる咲茉ちゃん。

なんかくすぐったいし、真希奈からの視線は強まる一方だし!?

「やっぱり、わたくしの大好きなにおいですの！」

「そ、そお？」

「食べちゃいたいですの！」

「「食べちゃいたい!?」」

思わずオウム返しするわたし……と真希奈。

そんな二人を動揺させる一言を言い放った咲茉ちゃんの視線は、わたしのお弁当に向いていて――

「……食べちゃいたいって、お弁当のこと？」

「ですの！」

「だ、だよねぇ～！」

ほっと溜息を吐くわたし、と真希奈。

「良かったら、どうぞ？」

「いいんですの!?　嬉しいですの～！　大好きですの、ヨツバ！」

わたしがそう言ってお弁当を手渡すと、咲茉ちゃんは幸せそうな笑顔で受け取ってくれた。

「なんだか、個性的な方ですね……？」

「……だね」

呆然とする真希奈と、つい苦笑するわたし。

ぶっちゃけ咲茉ちゃんのことはまだまだ分からないことだらけだ。

自由すぎて、羨ましいというよりこれはこれで大変そうだなと思ったり。

ただ、

「美味しいですの～」

これでもかってくらいに美味しそうにお弁当を食べる姿は、そりゃあもう可愛くて、もっと餌付けしたいっていう欲望が湧き出てくる。

（二学期になったら、毎日お弁当作ってあげようかな……）

なんて、真剣に計画したくなる程度には。

「咲茉ーっ！って、ちょ、咲茉!?　貴方何やって——」

あ、お連れさんかな？　と、一瞬思い——考え直す。

咲茉ちゃんの連れ……ってことは、つまり!!

「お姉さまですのっ！」

「……間さん？」

「こ、小金崎さんっ!?」

考えるまでもなく小金崎さんだった!!

小金崎舞さん。時には怖い敵として、時には優しい味方として、時にはわたしの脳内ナビゲーターとして現れる、大人な雰囲気の同級生さんだ。

咲茉ちゃんからはお姉さまと慕われていて、確かに慕いたくなる包容力を感じさせる理想の姉でもある。

そんな小金崎さんだけれど、今日は珍しく私服姿だった。

いや、夏休みだから当たり前なんだけれど、わたしと会うときはなぜかいつも制服姿だったから……すごく新鮮だ。綺麗なのはもちろんとして。

「貴方がどうしてここに……そちらの方は？」

小金崎さんはわたしから、隣に座る真希奈へと視線を移す。

というか、真希奈が組んできている腕に向いているような……？

「あの、えっと彼女は……」

「デートです」

「え？」

「デートですっ！」

まるで自分の所有物を主張するかのように、ぎゅっとわたしの腕を強く抱きしめる真希奈。

そのままぎゅっと目を鋭くし、さながら猫のよう——いや、このオーラはまるで狼!? 獲物を捕るためじゃなく、捕った獲物や仲間を守るような物々しい力強さを感じさせるッ！

おそらく小金崎さんを警戒しての行動だと思うんだけれど、この状況だとちょっと逆効果かも……というのも、明らかに小金崎さんからの敵意（１００％わたしに向けられている！）が強くなっているから。

何かのきっかけでバトルが始まりそうな緊迫感……これって一触即発!? どど、どうしよう!?

「わぁ、デートですの！　わたくしもお姉さまとデート中ですのー！」

「そ、そうなんだ！　咲茉ちゃん達も!?　奇遇だねぇ～～～!!」

さっきまでのほんわかした空気が嘘みたいにピリつく中、そういうセンサーが一切無いのか平常運転を続ける咲茉ちゃん。

そんな咲茉ちゃんに「乗るっきゃねぇ！　このビッグウェーブに!!」と流れに飛び乗るわたし！

「…………」

「…………」

はわわ……！

そんなわたし&咲茉ちゃんのほんわかふわふわな会話も一切無視して、バチバチと火花を飛ばし合うお二人。

よつば、しってる。これ余計な口を挟むと悪化するやつだって。

「ヨツバも食べるですの？　あ～んですの♪」

いやいや咲茉ちゃん。いくら純真天使なあなたでも、この空気をガン無視してあ～んってしてくるのはさすがにどうかと思いますよ？

さすがのわたしだって、そんな誘惑乗れるわけ――

「あ～ん♪　わっ、美味しい～！」

「ですのですの～♪」

唐揚げの肉汁が口いっぱいに広がって――はっ!!

あ、当たり前みたいに乗せられてる!?

「……ようちゃん」

「……間さん」

は、はわわ……!?

真希奈からも小金崎さんからも、「こいつ、正気か？」と言わんばかりの冷たい視線が飛んでくる!!

いや、違うんです！　わたしも神妙な気持ちでいたんです！　でも、上位種である天使様(えまちゃん)には逆らえませんで……！

「あ、そろそろイルカショー始まりますですの。お姉さまも早くお座りくださいですの！」

「……ええ、そうね」

「でもお姉さまの座る場所、狭くなっちゃうですの……あっ、そうだですの！」

咲茉ちゃんは何か閃(ひらめ)いたみたいに、こっちを向いて、そのまま——

「は!?」

「咲茉!?」

なんと、わたしの膝の上にちょこんと座った!!

「えええ、咲茉ちゃん!?」

「これならお姉さまも広々座れるですの～！」

そ、そりゃあそうですけども……！

膝の上に乗っかった咲茉ちゃんはそりゃあもう温かくて、柔らかくて、良い香りがして——の、逃れられるわけがない！

「「…………」」

でれでれしてるのがばっちりバレているのだろう、真希奈(まきな)と小金崎さんから絶対零度の視線が飛んでくる。

うう、咲茉ちゃん。いくらなんでも天使過ぎる。

ちょっとは空気を読んで悪魔っ気出してくれてもいいんだよ……？

「イルカショー楽しみですの♪　ね、ヨツバ？」

「ひゃい……」

いや、ある意味ではもう完全体の小悪魔ちゃんですけど！

天使と悪魔は表裏一体――いつの日か、わたしの脳内に咲茉ちゃんがゲスト出演する日も遠くないな、と確信する間四葉（よつば）なのであった。

◇◇◇

それから、わたし達はイルカショーを観覧した後、成り行きのまま四人で水族館を回る感じになって――

「それで？　もちろん何が起きているのか、聞かせてもらえるのよね？」

わたしは、小金崎さんに尋問を喰（く）らっていた!!

でも、それを真っ正面から受けながら、わたしは平静を保っていた。

おそらく脳内小金崎さんとの対話によって心構えができていたからだろう。

小金崎さんの圧力にも屈しない、今のわたしはまさに最強!!

もはや弱点を失ったわたしは、小金崎さんの鋭い眼差しを前にしたって気丈に――

「……足、震えているけれど」

「ひゃうっ!!」

「そこまで怯えられると、こちらが一方的に悪い気分になるからやめてくれる?」

……全然大丈夫じゃなかった。全然耐性なんかついてなかった!

ふと前を見ると、数歩先を行く真希奈が咲茉ちゃんに手を引かれながら心配そうにこちらを振り返ってくる。

そんな真希奈に、「大丈夫だよ～」とにこやかに手を振って返すわたし。

大丈夫? 笑えてる?

でも笑いすぎると小金崎さんから「何笑ってんのよ」と怒られそうだからほどほどを心がけるんだぞ、わたし!

「……とにかく、話を戻すわよ。私だってせっかくの休みにこんな尋問みたいなことしたくはないの。けれど、見て見ぬフリもできないでしょう?」

「そ、そですよね……」

小金崎さんがわざわざ二人で話したいと言った理由は当然わかる。

「貴方の場合、もっと具体的に聞かなくちゃ伝わらないわよね。それじゃあ聞き直すけれど……」

　聞きたいのは当然、真希奈のこと――

「貴方、どうして天城マキとデートしているのかしら」

「ブーーーーッ!?」

　思ってたより鋭角にブッ刺さってきた!?

　い、いや、落ち着け間四葉。これは小金崎さん流のカマ掛けだ！

　値切りの時に、あえて大胆な額から攻めていく、みたいなやつだ!!

「アマギ……マキィ……？　アー、ドナタノコトデショー？　ワターシ、サパーリ、ワカリーマセーン」

「なぜ貴方が片言になるのか分からないけれど、もしかして誤魔化そうとしてるつもり？」

　バレテルーッ!!

「いや、本気でびっくりした顔しているけれど、誤魔化せるわけないでしょ、そんなので」

「うぅ……でも、なんで、天城マキって名前が……？」

「有名人じゃない。まぁ、最低限の変装はしているみたいだけれど、『どこかで見たことある』って既視感を覚えたら真っ先にヒットしたわよ」

　すっごく当たり前みたいに言うけれど、ここに来るまで誰にも声を掛けられていない現状を思うと、やっぱり小金崎さんがすごいんだと思う。

ていうか、天城マキの知名度を考えたら、身バレ＝パニックまったなしだからなぁ。

相手が小金崎さんだった、というのはある意味ラッキーだったかも——って！

「まさか、小金崎さんもファンなんですか!?　だ、だめですよ！　こっそり写真撮ったりしたら盗撮ですよ!?」

「しないわよ。そんなファンでもないし」

「ファンじゃないのに、気が付いたんですか？」

「ファンでなくても天城マキの顔くらい知っているわよ。つい最近ニュースにもなっていたでしょう？」

およそ100点満点の回答をびしっと突きつけてくる小金崎さん。

「でもですよ？　わたしなんかと、誰もが知ってる国民的アイドルがデートしてるなんて常識的に考えて有り得なくないですか？」

「私、間四葉という人については常識に縛られてはいけないと思っているの」

「もしかして褒めてます？」

「超褒めてるわよ」

やったぁ！

「だから、貴方が本物のアイドルとデートしていようが、空想の友達と口げんかして負けていようが、神に憑依されて啓示を説き始めようが、全て真実なのだと信じるところから始めると心がけているのよ」

「な、なるほど」

なんだか大げさだけれど、『空想の友達と口げんかして負けてる』は実際にわたしの中の悪魔や小金崎さんにボコボコにされたわたしには否定できない。

「だから、あの子が本物の天城マキでもおかしくないし、その天城マキは貴方を好きで、そんな二人が仲睦まじくデートをしていても事実として受け入れるわ」

「そ、そうですか……」

「………」

受け入れると言っているわりに、心無しか小金崎さんの視線が鋭いような……？

いや、いつものことじゃんって誰かが見てたら思うだろうけど、今日に関してはいつにも増して――はっ!?　もしかして、これは殺気では!?

いや、もしかしてじゃない。小金崎さん睨まれ検定1級のわたしが言うんだ、間違いない！

「あの、小金崎さん。もしかしてころ――けふんけふん！……怒っていらっしゃいます？」

「怒ってないわよ。呆れているけれど」

「えっ、呆れですか？」

なんだ、殺気じゃなかったみたい。良かった。小金崎さん睨まれ検定1級の資格は返納しないとだめそうだけど。

「けれど、聖域の二人とお付き合いしている貴方が、『貴方のことを大好きな女の子』と、こうして二人きりでデートをしているというのは問題よね？」

「う……」

わたしが『聖域』相手に二股していると知っている小金崎さんが、他の子と遊んでいるのを良しとする筈がない。

そもそも彼女が二股の事実を知ってなお黙認してくれているのは、由那ちゃんと凜花さんの関係が二股以前と変わらず対等でバランスが取れているから——って、あれ？

「崎さん」

「勝手に略さないで」

「ふと気がついたのですが、さっきから、真希奈が……あの子が私のことをそういう意味で好きだって前提で話しているような気が……」

「前提というか、そうなんでしょう？」

「い……え？　い、いやいや！　そんなわけないですよ！　そんな、真希奈がわたしを大好きとか、絶対ないですっ!!」

一瞬小金崎さんが何を言っているのか理解できなくて、でも、言葉を飲み込むと同時に否定していた。

　好き、じゃなくてわざわざ、大好きって言ったのは、彼女なりに思うことがあってだと思うけど……でも、さすがにそれはない！

「あの……お芝居なんです！」

「芝居？」

「実は……あの、誰にも言いませんよね？」

「言うなと言われれば言わないわよ」

「SNSとかに流さないですよね!?」

「ええ。ていうかやってないし」

「じゃあ、わたしと小金崎さんだけの秘密ってことで……ちょっとこっちに！」

　小金崎さんを人気のないブースの隅っこに引っ張ってくる。

　そして耳元に口を寄せ、こしょこしょっと囁いた。

「実は小金崎さんの言う通り、真希奈はあのシューティングスターに所属しこの間活動休止を発表した天城マキなんです。実は彼女わたしの幼馴染みで。といっても幼稚園の頃一緒だったってだけなんですけど。彼女が引っ越しちゃって、それ以降連絡も取り合ってなかったんですが、ついこの間また近くに戻ってきて。アイドル休止したのも学業に集中するためなんですって。でも、なんかドラマで共演した俳優さんとの熱愛疑惑みたいなのを持たれているらしくて、真希奈曰く事実無根なんですけど、そのせいでずっと週刊誌の記者に付き纏われているみたいなんです。こんなんじゃ学業に集中できないし、周りにも迷惑掛けちゃうからって、白羽の矢が立ったのがわたしです。真希奈と恋人のフリをして、それを週刊誌の記者に撮らせれば疑惑も晴れるんじゃないかって。ほら、その同性愛とかまだセンシティブな話題じゃないですか。おおっぴらに報道すれば書き方によってはメディア側が打撃を受けるんじゃないかって意図だと思うんですよね。あ、これはわたしの推理なんですけど。とにかく、わたしはそんな真希奈の意をくんで、でも恋人のフリをするには、ご存じの通りわたしにはもう恋人がいるわけで、なので今日限定で、恋人デートを――」

「こしょこしょ話にしては情報量が多すぎるんだけどっ!?」

痺れを切らしたように爆発する小金崎さん。

小金崎さんボイスの「こしょこしょ話」……可愛くて貴重だ。

「吐息当てられすぎてなんだか変な感じ……」

「でも伝わりましたよね！」

「でもじゃないいっ」

「痛ぁっ!?」

ビシっと脳天にチョップを入れられ、悲鳴を上げるわたし。

そんなわたしを見下ろしつつ、小金崎さんはわたしを叩(たた)いた手をハンカチで拭いていた。汚くないよ!?

「とにかく事情は分かったわ。貴方と天城……真希奈さんは、恋人のフリをしてデートをしているというわけけね」

「はいぃ……」

「でも妙ね。それにしたって彼女の入れ込みようといったら、本気で貴方のことを好きにしか見えなかったけれど」

「そりゃあ相手は天下の大女優ですよ!? 本気のお芝居させたら、本物以上に本物なんですから!」

わたしだって、今日だけで何度もくらくらさせられてる。

そういう意味では、正直小金崎さんの言うことも分かる。

これはフリ。あくまでお芝居……そう度々念じなければ本来の目的を忘れてしまいそうになるというか。

「確かに、貴方の言い分を真に受ければ、私が邪推しているというのも否めないでしょうね」

「ま、まぁそれも仕方ないというか」

「けれど、間さん。よくできた嘘(うそ)は真実と変わりないのよ」

よくできた嘘は、真実。

小金崎さんの言葉はどこか重みがあって、けれど、わたしにはきっとその意味の半分も理解できていない。

返す言葉が見つからず、ただ押し黙るしかないわたし……そんなわたしの肩に、小金崎さんは優しく手を置き——

「貴方を愛してる」

「ふぇ!?」

「大好き。心の底から。聖域と二股しているのを知った時も内心嫉妬していたの。ごめんね」

「えっ、えっ……！　小金崎さん!?　そ、そんないきなり言われても……!!」

突然の告白に、わたしはただうろたえるしかなかった。

まさか小金崎さんがわたしのこと好きだったなんて！　確かに小金崎さん、優しかったもんなぁ、何かにつけて世話を焼いてくれるというか。

ただただ小金崎さんが元々優しい人だからって思ってたけど……どうしよう!?

助けて！　わたしの中の天使と悪魔ぁーっ!!

「……貴方、本当に心配になるわね」

「へ？」

ものすごく呆れた感じに、小金崎さんが溜息を吐く。

「今のは嘘よ」

「んん？　嘘？」

「いや、誰がどう聞いても思いっきり嘘だったと思うけれど。むしろどうして私が貴方に告白しなくちゃいけないのよ。意味が分からないでしょう、常識的に考えて」

なんかわたしが怒られてる感じになってる!?

でも、小金崎さんの言うのも尤もだ。振り返ってみても、彼女がわたしを好きになるきっかけなんて、ゼロだ。ゼロ。ノーチャンス。

「私の見え透いた嘘でも本気になってしまう貴方が、演技で日本中を感動の渦に落とせる天城マキのいったい何を見破れると言うの？」

「う……！」

「それに、貴方だけじゃないわ」

「わたし、だけじゃない……」

「百瀬さんと合羽さん――貴方の本当の恋人達は、貴方が他の誰かとデートをしていると知れば、多少なりとも不快感を覚えるんじゃないかしら」

「そ、それは大丈夫です！　二人にはちゃんと相談して、許可を貰ったから――」

「許可を貰った？」

小金崎さんの目が鋭くなる。

まるでなにか地雷を踏んでしまったような……つい、身が竦んでしまう。

「貴方、呆れを通り越してやっぱりバカね」

「う……すみません」

当然分かってはいるけれど、改めて言われるとへこむ……じゃなくて。

でも、バカって言われたことより、何か気づけていないのが苦しい。

「もしも……彼女らどちらでもいいわ。貴方が同じことを言われたらどう思う？」

「え」

「貴方の知らない特別な友達がいる。その人に恋人のフリをして欲しいと頼まれた。あくまでフリだからデートをしてくる……そんなことを言われたら、貴方はどう思う？」

「それ……は……」

「そもそも『聖域』は、百瀬さんと合羽さん、二人が幼馴染みであるということから想起された特別な関係よ。そんな彼女達にとって、所謂『ぼっち』だった貴方に幼馴染みがいたってだけで十分事件でしょう」

由那ちゃんにとっての凜花さん。凜花さんにとっての由那ちゃん。

それが、わたしにとっての真希奈……？

そうだ。『聖域』は由那ちゃんと凜花さんが、自分たちに向けられる好奇の目を、ある種利用する形で大きくした関係だって言ってた。

当然、幼馴染みっていう関係が周りには特別に見える絆(きずな)なんだってこれ以上なく自覚している筈で……

「わたしを送り出してくれたのは、嘘を吐いてたってこと……？」

「……まぁ、そうとも言いきれないわ。貴方の、幼馴染みを助けたいって気持ちは本物でしょうし、あの二人だってそれを尊重すべきだと思ったかもしれない」

小金崎さんはそうフォローしてくれるけれど、表情は暗く見えた。

「でも、人は弱いわ。こうも考えたんじゃないかしら。『自分の恋人が誰かとデートするなんて、フリでも嫌だ。けれど、わがままを言ったら嫌われてしまうかもしれない』……」

「っ！　そんな……」

「……いえ、ごめんなさい。これは貴方だけでなく、百瀬さんと合羽さんにも失礼な想像ね」

「…………」

小金崎さんはそう謝ってくれたけれど、でも、全く的外れなんてことはないと思う。

だって……もしもわたしだったら、そう思うと思ったから。不安な気持ちを必死に押し殺して、笑顔を浮かべて……

あの時、今日のことを二人に話したとき、二人はどんな表情を浮かべてただろう。もしかしたら普段と違う、ぎこちない表情だったんじゃないだろうか。

わたしは自分のことばっかりで、二人のこと全然考えられてなかった。

こんなんじゃ、わたし――

――パンッ！

「わあっ!?」

何かを叩く音に思わず顔を上げると、小金崎さんが両手を合わせて、じとーっとした目でわたしを見ていた。

「こ、小金崎さん……？」

「俯きすぎ」

「……え？」

「そうやって俯いて、自分を責めて……それじゃあ目の前の物さえ見失うわよ」

小金崎さんは呆れるようにそう言って……深く溜息を吐いた。

「ご、ごめんなさい」

「今の溜息は……自分によ。気が付いたから伝えなくちゃと思ったけれど、本当に正しかったのか、伝え方が間違ってなかったか……貴方を困らせたかったわけじゃないの」

そう呟くように吐露する小金崎さんはどこか思い詰めて見えて……わたしの視線に気づ

くと、苦笑を浮かべた。

「むずかしいわね。人間関係って」

「そう……ですね……」

小金崎さんほど聡明な人でも悩むんだ。

対人経験値の少ないわたしには、ひとつひとつが超難問で、考えるだけでくらくらしてしまう。

分かった気になっても、それはわたしにとって都合が良い解釈をしているだけで、相手からしたら的外れかもしれない。

それが最近できた恋人でも、ずっと見守ってきた姉妹でも、疎遠だった幼馴染みでも……ちょっとした思い込みで、間違えてしまう。

「余計なお世話って分かっているけれど、ひとつだけ。関係が変わるなんて、当たり前のことなのよ」

「え……？」

「貴方は、妹さんとの不和が生じた際、『姉妹』という関係を保つことに拘り、結果功を奏した。けれど本来、人と人との関係は流動的なもの。百瀬さんと合羽さんが、貴方の『友達』から『恋人』になったように。……『他人』だった私達が、その……『友達』になったように」

「ともだちっ!!」

「……そうあからさまに感激しないで。恥ずかしくなるから」

それはわたしを友達と認めたことが？　それとも友達になったこと自体が!?

四葉は訝しんだがどっちが正解にしろ悲しくなるので言及しないことにした！

「私のことはどうでもいいの。言いたいのは、今貴方にとって『ただの幼馴染み』な天城マキ——いえ、小田さんとの関係も変わる可能性は十分にあるということよ」

「まぁ、確かに真希奈とわたしじゃ幼馴染みとして釣り合ってないとは思いますけど……」

「そう？　おバカとアイドルは相性がいいんじゃない？」

そんな冗談なのか本気なのか分からないことを真顔で仰る小金崎さん。

「それに真逆のパターンだってあるわ」

「真逆？」

「周りが『聖域』に期待したみたいに、『幼馴染みを越えた関係』になることだって、ね」

それって……わたしと真希奈がフリじゃなくて本当の恋人同士になるってこと!?

「そ、そんなことないですよ！　だって、真希奈はアイドルで、今日のデートもあくまでフリで。それに、わたしに恋人がいること、真希奈にはもう伝えてて……」

「けれど、絶対じゃない。一般人と結婚するアイドルだっているし、向こうからしたらデートはフリじゃないかもしれない。それに、世の中には相手が妻子持ちと知ってなお不倫する人だっているのよ。恋人がいるからってそれがブレーキになるなんて保証はないでしょう?」

「た、確かに……?」

「ていうか、現実として二股している貴方も相当なレベルだけどね」

「うぐ!」

容赦のない指摘がわたしの胸を刺した!

いや、小金崎さんは事実を言っただけなので、何も悪くないんだけど……

「まぁ、私の立場を思えば、貴方と『聖域』の関係が揺らぐようなイレギュラーはない方がいいのだけど」

「ええっ……どっちですかぁ……?」

「決めるのは貴方よ。私はただ、誰かのためなんて理由を他人に押しつけて逃げるのは、結局後悔ばかり生んでしまうと思っているだけ」

小金崎さんは、わたしが由那(ゆな)ちゃんと凜花(りんか)さんに遠慮して、真希奈を蔑(ないがし)ろにするのは駄目って言ってる……たぶん。

でも、わからない。だったらどうすればいいんだ……余計迷宮に迷い込んだ気分だ!

「大丈夫よ、貴方なら」

「小金崎さん……！」

「きっと私に想像もつかないようなミラクルを起こして上手く纏めるに違いないわ」

「なんか投げやりじゃないですか……？」

「どうかしら、思い切って三股なんて手を出してみるのも」

「絶対面白がってますよね!?」

小金崎さんのこんな清々しい笑顔初めて見た！

思わず抗議するわたしだけれど、小金崎さんは一切怯まず、口元をにょによさせている。

「人間、休日にもなると浮き足立つものね。どうにも私、貴方の困ってる顔が大好きみたい」

「変な趣味に目覚めないでくださいよぉ！」

「むしろ性癖？」

「余計たちが悪い!!」

今日、小金崎さんの思わぬ一面を知って、そのおかげで色々こんがらがって分からなくなって。

おかげで分かったこともいっぱいあったけれど、正解は闇の中――

咲茉ちゃんが天使なら、やっぱり小金崎さんは悪魔がピッタリなのかもしれない……!!

「大丈夫ですか、ようちゃん？」

「うん、ちょっと考えすぎて知恵熱出ただけ……」

ベンチでぐったり項垂（うなだ）れるわたしを、真希奈が気遣ってくれる。

小金崎さんと咲茉ちゃんはもう帰ってしまった。どうやら小金崎さんも年間パスポートを持っていて、今日水族館に来た目的もイルカショーくらいだったらしい。

なんていうか……すっごい自由で羨ましい。

「少し休みましょうか。水族館、結構歩きっぱなしで案外疲れますし」

「うん……付き合わせてごめんね、真希奈」

「デートなんだから当たり前ですよ」

デート、という言葉に心臓がばくんと跳ねる。

真希奈がどういう気持ちでその言葉を口にしているのか……もうさっぱり分からなくなってしまった。

「あの人……小金崎さんに何か言われたんですか？」

「えっ」

「ようちゃんの友達ですよね？　恋人のようには見えませんでしたが」

「と、友達だよ！　小金崎さんは友達!!」

明らかにやばすぎる誤解をすぐさま慌てて否定するわたし。

でも、真希奈も本気じゃなかったみたいで「ですよね」とあっさり納得していた。

「話だってちょっとした世間話だよ。こんなところで会うなんて偶然～って！」

「そう、ですか……」

顎に手を当てて、何かを考え込む真希奈。

そんな真希奈をわたしはじーっと見つめる。

今彼女は何を考えているんだろう。いや、今だけじゃない、わたしの前に現れたときからずっと……

「じー……」

「よ、ようちゃん？」

「じ――――……………」

「よ、ようちゃんってば！」

「はっ!?」

つい真希奈を観察するのに夢中になって、鼻と鼻がくっつきそうな距離まで近づいてしまっていた。

綺麗すぎる顔を赤らめて照れる真希奈に言葉を失いつつ、慌てて離れるわたし。

なんていうか……これは絶対幼馴染みの距離感じゃない!!

「もう、そんなに見られたら緊張しちゃいますよ」

ぐ、うう……照れた顔も可愛い……!

って、小金崎さんの置き土産のおかげで変に意識しちゃってる。

「き、緊張なんて冗談でしょ！　だって散々見られ慣れてるだろうし！」

なんて、苦し紛れで誤魔化すわたし。

でも――

「こんなに近くで見られることなんて流石に無いですよ。毛穴まで見えちゃう距離ですし」

「うぐっ」

ノーモーションで放たれたカウンターに怯まされ――

「それに……他の誰よりも、ようちゃんに見られるのが一番緊張するんです……！」

「ぐふぅっ!?」

ジャブからの右ストレートに吹っ飛ばされた！　可愛いし、キュンとした！　今のはキュンとした!!

「わ、わたしなんてミジンコ同然ですから……緊張なんてされるに値しないゴミクズでござんす……」

「なんだか心の距離と時代が離れてません？」

　的確なツッコミ!!

「もう、ようちゃんったら。私のことからかってます？」

「そ、そんなことないけど!?」

（近い近い近いぃぃ!!）

　ぐいぐいっと迫ってくる真希奈に、わたしの脳内アラートがりんりん鳴り響く。

　今更！　わたしは今更ようやく！　真希奈がアイドルであり、わたしのような一般小市民とはまったく異なる輝きを放ち続けている天上の存在であることを実感していた!!

（小金崎さん！　さすがに真希奈がわたしを本気で好きなんて嘘だって！　ありえない！　人間がカエルに恋するくらいありえない！）

　心臓がばくばく跳ねる。ものすっごく真希奈を意識しちゃってる!!

（小金崎さんは、関係が変わるなんて当たり前って言ってたけど、変わったらわたしの身が保たないよぉ！）

　幼馴染みが、今の真希奈とわたしを結びつける唯一の答えに思える。

　少しでも離れれば光の速度で置いてかれちゃいそうだし、近づけば簡単に押しつぶされてしまうだろう。

せっかく真希奈と再会できたんだ。疎遠になるのも、光に包まれ消滅するのも嫌だ！

（だから、幼馴染みがベスト！　幼馴染みのままなら、それこそ由那ちゃんと凜花さんも安心だし……って、二人を言い訳にするのは卑怯だと思うけど！）

そうと決まれば、わたしの取るべき行動はひとつ！

このデートで、幼馴染みとしての絆をより強固なものにするのだっ！

そのためには——

「よしっ、決めた！」

「ようちゃん？」

「真希奈、行こっ！」

「え？　えっ!?　どこにですか!?」

「そりゃあもちろん……行ってみてのお楽しみ!!」

真希奈が困惑するのも気にせず駆け……ると、係員さんに怒られちゃうので、急ぎ足で歩き出した。

◇◇◇

海の森水族館は全部で三部構成。

最初に見た日本の海のエリア。イルカショーが行われるスタジアムがあるエリア。そしてさっき歩いていた海外の海に住む生き物を紹介するエリアの三つだ。

フロアマップから、それがここより前にあると知っていたわたしは真希奈と一緒に順路を逆走し、イルカショーの会場付近まで戻ってきた。

「あっ！　あれあれ！」

「あれって……海獣コーナー？」

そう、海獣って呼ばれる生き物がいるエリア。

カイジュウって響きは仰々しいけれど、いるのは水族館の人気者たちだ。

その筆頭はペンギン。触れ合いコーナーまで設けられている人気っぷりで、ペンギンさんに一触れしたいと子ども連れの家族が列を作っている。さすが水族館の王者だ。

そんなペンギンを横目に、真希奈を連れてきたのは――

「ここっ！　ほら、懐かしくない？」

隅っこの方であまり人気の無い、けれどそんな状況も気にせずマイペースにゴロゴロ日光浴をしているアザラシの前だった。

「アザラシ……？」

ドヤ顔を浮かべるわたしの横で、首を傾げる真希奈。

「子どもの頃さ、真希奈は動物園に行きたがってたでしょ？」

「ま、またその話ですか……もう、恥ずかしいのに」

「あはは、ごめん。でもさ……続き、覚えてる？」

「続きですか？」

真希奈が首を傾げる。やっぱり覚えてないみたい。

「わたしさ、真希奈に喜んでほしかったんだ。もしかしたら、真希奈はもう水族館に夢中になってたかもしれないけど、もっと喜んでほしくて……だから、アザラシのところに連れて行ったの」

動機とか、行動とか、ちょっと想像で補っている部分もあるけれど、こうして話しているとあの頃の景色が目の前に蘇ってくる気がした。

そう、あの日わたしは、アザラシの前でこんなことを言ったんだ。

――みてみて。ここならどうぶつえんみたいでしょ！

名案だと思った。天才だって思った。

だって動物園にもアザラシはいるから。どっちにもいるんだったら、実質ここも動物園じゃんって！

「でもさ……真希奈は、泣きだしちゃったんだよね」

わたしは忘れてしまっていた。

その日は真希奈の誕生日で、本当は両親と動物園に行くはずだったんだ。

でも真希奈の両親はお仕事に行っちゃって、わたしと一緒に水族館に来たのはあくまで穴埋めでしかなくて……それを思い出させてしまったのだ。

——やくそく、してたのに。パパもママも、わたしのこときらいなのかな。

アザラシの前でうずくまる真希奈。

当時のわたしにとってはもうそれだけで大パニックで、なんとか泣き止(や)んで欲しくて……思いっきり、ぎゅーって抱きしめた！

——きらいじゃないよ！　まきまきのこときらいなわけないよ！

——でも……

——だって、おとうさんいってたもん！　おとうさんはよつばのために、まいにちがんばってるって！　まきまきのパパとママも、きっとそうだよ！

そう、必死に真希奈を宥(なだ)めるわたし。

とにかく泣き止んで欲しかった。真希奈に一秒だって悲しい顔してほしくなかった。

せっかくの誕生日だし……ていうか、友達が泣いてるなんて、嬉(うれ)しいわけがない。

——わたしが！　わたしがまきまきのたんじょうびプレゼント!!

——ふぇ……？

——パパとママはいっしょにいられなかったけど、かわりになんかならないけど！　でも、きょうはずっといっしょにいるから！　これからもまきまきの、いちばんのともだちだから！

……たぶん、そんな感じのことを言ったはず。その時のことは昔すぎるし、必死すぎたから、一言一句違わず覚えてるってわけじゃないけれど。

それに――

――ずっと、いっしょ……？

わたしが願った通り、真希奈は涙を止めてくれたのはちゃんと覚えているから。

――ほんとにほんと？　ようちゃん、ずっといっしょにいてくれるの？

――うん、ずっといっしょ！

今になって考えてみれば、幼稚園児の言う「ずっと」のなんとも頼りないこと。

でも、わたしにとって、きっと真希奈にとっても、この「ずっと」は本当にどこまでも続く、魔法の言葉だった。

――パパとママよりも、ずっと？

――うん！

言葉の意味も全然考えず頷くわたし。

真希奈が泣き止んでくれたのが嬉しくて、なんでもよかったのだ。

「ふふっ、あの頃からわたしはアレだったけど、でも真希奈、すっごく可愛かったなぁ……」

「も、もう、ようちゃん！」

思い出に浸るわたしに、真希奈が顔を真っ赤にして止めてきた。照れてる照れてる。

そう、誰も知らない真希奈の昔話。これこそがわたしが真希奈の幼馴染みである確固たる証拠だ！

わたしは真希奈がアイドルだから仲良くなったんじゃない。アイドルになる前から真希奈が好きで……いや、まぁ、忘れちゃってもいたけれど、でも、嫌いになったとか喧嘩(けんか)別れしたとかじゃないし……!!

「ほらっ、真希奈も思い出したでしょっ！」

一瞬気持ちが落ち込みそうになったのを振り払うように、わたしは話を真希奈に振った。

「むぅ……そこまで言われればはっきりと。なんていうか、幼い頃ながら自分が情けないというか……」

「そんなことないよ。もしもわたしが真希奈側でもギャン泣きしただろうし？」

「そうしたら、私はようちゃんを慰めるどころか、一緒になって泣いちゃってたでしょうね。あの頃の私にとって、ようちゃんの行動力も優しさも、ただただ羨むだけのものでしたから」

真希奈はアザラシのほうを向いているけれど、その目はもっと遠く――あの頃のわたし達(たち)に向けられているように思えた。

「ていうか、ようちゃん！」

「ひゃっ⁉」

なんて思いながら横目で見ていると、突然勢いよくこっちに向き直った。

「そこまで思い出したなら、その先だって思い出してますよね⁉」

「そ、その先？」

「その先の、約束ですっ‼」

「やくそく……」

そういえば再会したときも、真希奈は約束について言っていた。

もしかしたら「アイドルになる」以外のものなんじゃないかって真希奈の反応から思ってはいたけれど、ここでその話題が蘇るなんて！

「その先の約束……？」

わからない。その先なんて本当に有ったんだろうかと疑いたくなるくらいに。

いや、でも、さっきまではそんなことなかったんだ。

アザラシの前で真希奈と話したこと、それはすんなり出てきた。その先だって、分からないなんて不安は感じていなかった。

真希奈に聞かれて、急に見えなくなったみたいな、そんな感じ。なんでかは……やっぱり分からないけれど。

「うぅん……？」

「やっぱり思い出せないんですね……」

「う、ごめん……」

「いいんです！　だったら……思い出せるよう、色々試せばいいんですから」

「へ？」

それってどういう——と、聞き返す前に、ふわっと花の香りがわたしの鼻の奥をくすぐった。

……ていうか、これ!?

「ま、ままっまままま!?」

「こうすれば、あの頃と同じでしょう？」

何が起きた!?　いや、何が起きたかといえば、真希奈が突然抱きしめてきたんだけど!?

いや、なぜ!?

「過去を思い出す時、同じ行動をすると思い出せたりするって言うでしょう？　ようちゃんがこうして、アザラシの前に私を連れてきてくれたみたいに」

「う……あ……」

「あの時はようちゃんが抱きしめてくれましたが……その点は、目を瞑ってくれると嬉しいです」

「いや、目を瞑るっていうか……」

そういう意味じゃないって分かっているけれど、目を瞑れば余計に、真希奈の存在を強く感じる。ハグっていうのはそういうものだ。

真希奈の香り。熱。髪の毛のふわっとした感触。息づかい。

「心臓の鼓動まで……ようちゃんを感じる」

わたしの思考をなぞったみたいに、真希奈が呟く。

そして、さらにぎゅっと、わたしを抱きしめる腕に力を込めた。

「ま、真希奈……ここ、外……見られちゃうよ……!?」

「誰も見てませんよ。みんなペンギンに夢中で、ここは死角……いえ、あのアザラシくらいです」

聞こえてか偶然か、ガラスの向こうで、アザラシがあおんとまぬけな欠伸をする。

でも、もしも他の人の目が有ったたって真希奈は放してくれなかっただろう……なんでかそんな確信がある。

「ほら、ようちゃん。あの日と同じですよ。思い出しませんか?」

「きゅぅ……」

「私はもう、昨日のことみたいに思い出せますよ」

いや、わたしは思い出すどころじゃ全然ございませんで……

ていうかそもそもあの時とはまるで違うんですけど!?

だって真希奈、全然泣いてないし！　それどころか妙に色っぽい笑みを浮かべてますし！

「あぁ……すんすん、ようちゃんの香り。好き……」

好き!?　あ、香りが、ですよね。なんてことない市販の柔軟剤のにおいだと思うけど！

真希奈も何かスイッチでも入ってしまったのか、どんどん腕に込める力が強くなってきている。

このままじゃ、思い出すより先にわたしの心臓が爆発するか、鯖折りされて失神するか、どっちかだ！

「ま、真希奈」

「ん～、モフふわ～……」

わたしのどこにモフふわの要素ありますっ!?

まるで愛犬を愛でるみたいに、頬ずりして、背中をなでなでして、体を擦りつけてくる真希奈。

そんな真希奈に対し――

（こ、これは幼馴染み……？　い、いや、幼馴染み。これは幼馴染み！　誰がなんと言おうと幼馴染み……たぶん……！）

必死に念じててもなお、飲み込まれそうになっていた。

溺れる……真希奈の持つキラッキラのアイドルオーラに飲み込まれて溺れるぅ！

──みんなーっ！　今日は来てくれてありがとーっ!!

はっ!?　頭の中に声がっ!!

──わたし、間四葉のデビューライブにようこそーっ!!

って、これわたし!?　アイドルになったわたし!?

駄目だよ！　本名で活動はリスク大きいから……ってそこじゃない!!

真希奈のアイドルオーラに包まれて、わたしの中で「あれ？　これだけアイドルオーラに包まれてるってことは、わたしも実はアイドルなんじゃね？」的な自我が芽生え始めている!?

──実はわたしぃ、あの天城マキちゃんの幼馴染みなんですっ！

ヤメロォ!!　真希奈を利用してのし上がろうとするのやめろぉ！

──それじゃあ、聞いてください！　デビューシングル、『恋する……』……？

語彙力が無くてタイトルが出てこないッ!!

（なんてやってる場合じゃないっ!!）

「ま、真希奈ぁ……」

「どうです、思い出しそうですか？」

「いや、思い出すどころか、何か変な扉を開きそうで……」

「変な扉ですか？　思い切って開いちゃいましょう♪」

「煽らないでぇ……」

　無邪気に面白がる真希奈には悪いけれど、この扉はさすがに開けられないし、きっと忘れてしまった約束もこの扉の向こうには仕舞われていない……と、思う。

「うーん、ハグじゃ駄目ですかぁ……」

「み、みたいだね」

「それじゃあ……大ヒントです♪」

「なんか真希奈、変に楽しんでない？」

　真希奈はわたしをハグから解放すると、次は両手でわたしの左手をぎゅっと握った。

「あの日、私はようちゃんが、ずっと一緒にいるって言ってくれたのが嬉しくて……ずっと秘めてた気持ちを打ち明けたんです」

「えっ、えっ……真希奈っ？」

　真希奈はわたしの左手を摑んで、持ち上げて、ゆっくりと自分の方に近づけて……

　――ちゅっ。

　薬指の付け根に、唇を押し当てた。

「ふふっ、ちょっと前後しちゃってるかもですけど」
「っ……！」
照れたように、微笑(ほほえ)む真希奈。
そんな彼女の顔が……幼い頃の真希奈に被(かぶ)る。
――ずっと、いっしょ……？
脳裏に、あの日の真希奈の声が蘇(よみがえ)る。
――ほんとにほんと？　ようちゃん、ずっといっしょにいてくれるの？
――うん、ずっといっしょ！
――パパとママよりも、ずっと？
――うん！
ここまでは、思い出していた。そして――
――じゃあ、ようちゃん……
――ん？
――わたしと、けっこんしてっ！
――けっこん？
そうだ、真希奈はそう言った……
でも、わたしは結婚ってよく知らなくて。

——えほんでよんだの。けっこんってね、だいすきなひとどうしでするんだって。きすっていうのしたりとかして……えっと、かぞくになるの！

——きす……かぞく……

キスもまだピンときてなかったわたしだけれど、家族は分かった。

お父さんとかお母さん。それに桜、葵。いつも一緒にいて、自然と笑顔でいられる相手が家族なら……わたしにとって真希奈はそういう相手だった。

——うん、いいよっ！

だから、当然頷いた。

——ほんとっ！　やったあ！

ぱあっと顔を明るくした真希奈は、そのままわたしの左手を取った。

——えほんでね、こうやってたの！

そして、薬指に唇を当てた。

それは、どこかの国の物語が翻訳された絵本に描かれた1シーンだったという。

キスが何かも知らなくて、結婚指輪の存在も知らなくて……そんなわたしたちは、バカ真面目にそんな作法をなぞって、結婚を誓い合った。

（え……）

まさか、それが約束？

幼稚園の頃に交わした、意味もろくに分かってない結婚の約束を、真希奈はずっと大事そうに言っていたの!?

きっと誰が聞いても本気になんかしない。きっと付き添いでわたし達のやりとりを聞いてたお父さんだって。

でも、本気だった。

何も分かっていなくても、他の誰も本気にしなくても。

真希奈にとって……そして――

「じー……」

「ぎょあぇっ!?」

少女ッ!?

ペンギンに飽きたんだろうか、いつの間にか幼稚園か小学校低学年くらいの女の子が、こちらをじーっと見ているッ!?

「………」

はあぁっ！　少女の口がゆっくり開きだした！

これは間違いなく、お母さんを呼ぶ流れ！「ママー、変な人たちいるよー」って今にも――

「マキちゃんだーっ！」

「「っ!!」」

そ、そうきたかーっ!!

わたしを抱きしめたときの勢いで、変装用の帽子が落ちてしまっていたらしい。だてメガネだけじゃ真希奈のオーラを隠すのは不可能……！

そんなまさかのマキちゃん呼びに、真希奈も思わず冷や汗を垂らす。

この少女がどうとかじゃない。問題はこの後すぐ……！

「えっ、マキちゃん!?」

「わ、天城マキだ！」

「なにかの撮影？」

「いや、でも活動休止って言ってなかったか？」

どどど、どうしよう！

少女の声で、ペンギンに引き寄せられていた人達がわらわらと集まってきた！

このままじゃどんどん大きな騒ぎに――

――ザバーンッ!!

「えっ!?」

「何!?」

突然、何か巨大なものが水に落ちるような音が鳴り響き、わたし達を囲んでいた人達の視線が逸れた。

わたしも思わず音の方を見ると、アザラシが水の中を悠然と泳いでいる……？

あれ、さっきまで陸地でぐでぐでごろごろしてたのに……ま、まさか!?

（あ、アザラシさーんっ!?）

わたし達から気を逸らすために飛び込んでくれたの!?

「ようちゃん！」

そして、その意を誰よりも早く察した真希奈が、わたしの手を掴んで駆け出し、そのおかげでわたし達はなんとか逃げ出すことに成功した。

そして、天城マキの名声を思えば、すぐさま噂は広がってしまうだろうと危惧し、そのまま足早に水族館を後にするのだった。

◇◇◇

「はぁ……はぁ……」

「ようちゃん、大丈夫ですか!?」

「う、うん……だいじょぶだいじょぶ……ちょっと、体力無いだけ……」

水族館を出て、駅の方に向かって暫く走り――わたしは早くも体力の限界を迎えていた。

真希奈は全く息を乱してないのに情けない……いや、彼女はライブとかで歌いながら踊って、踊りながら歌ってを繰り返してるんだ。

体力なんてついてて当たり前……そしてやっぱりわたし、体力なさ過ぎ……

「ごめんなさい、ようちゃん。私のせいで……」

「う、ううん！　仕方ないよ、真希奈有名人だもん！」

ちょっとバレただけであれだけの騒ぎになってしまうのだから、きっとこれまでも不自由な思いをしてきたんだろうなぁ。

「ていうか、怪我とかしなかった!?」

「大丈夫です。タイミング良く、すぐに逃げられましたし……ようちゃんこそ、大丈夫ですか？」

「わたしは全然！　真希奈みたいに注目されたりしないしさ」

「そうですか？　ばっちり注目されてたと思いましたけど」

「えっ、誰に!?」

真希奈と比べればわたしはモブキャラ同然――いや、背景と言っても差し支えない。

そんなわたしに注目するなんて逆張りにも程があるのでは……？

「もちろん、私ですっ」

「真希奈にかいっ!?」

「ふふふっ、焦ったようちゃんも素敵でした。もっと困らせたくなっちゃいます」

なんて、蠱惑的な笑みを浮かべる真希奈。

からかわれているって分かってるのに、背筋がぞくぞくしてしまう。

（幼馴染み……わたしたちは幼馴染みなの……！）

何度も、何度も頭の中で自分にそう言い聞かせる。

そのたびにどこかで、「でも、幼馴染みって普通どういう関係なんだろ……」という疑問も浮かんでくるけれど！

わたしが知ってる幼馴染みは由那ちゃんと凜花さんだ。

あの二人は本当に仲が良い。いつも一緒で、以心伝心で、お互いの嬉しいことは一緒に喜んで、つらいことは分かち合って……なんか、そんな感じ。

もちろん、人生の殆どを一緒に歩んできた二人とは違って、わたしと真希奈には空白の期間があるわけだけど、それでも唯一の幼馴染みなわけだし、今から少しずつでもそういう関係に近づけたらって。

その一歩として、あの頃を懐かしんで、少しでも思い出の中の『幼馴染み』に近づけたらって思って、アザラシの前に連れてったんだ。

それなのに――

——わたしと、けっこんしてっ！

そんな、わたしが手本にする幼馴染みでも当てはまらない想いを思い出してしまった。

今となっては、思い出せなかったのは「幼馴染みでありたい」というわたしの願いに反していたからかもしれないとさえ思える。

(真希奈は、今もまだ『本気』なのかな……)

普通だったら、昔話に花を咲かせたいとか、からかいたいとか……もう昔のことって割り切ってるんだろう。

でも、わたしが自分で思い出したがったみたいに、真希奈もわたし自身で思い出してほしいみたいだった。

それに、真希奈はもう一つの約束……『アイドルになる』っていうとんでもない夢を叶えたんだ。

もしも今でも、真希奈にとって約束が大きな意味を持っていたら——

(わたしと結婚……いや、それは無理でも、小金崎さんが言った通り、わたしにそういう感情を……？)

心臓がばくばく騒ぐ。

勘違いかもしれない。むしろ勘違いの方がいい。

でも、そうじゃなかったら……もしも本当に真希奈が、わたしのことを好きだったら……わたしは、いったいどうすれば……!?

(って、どうすればじゃないよ!　わたしにはもう、恋人が二人も!!)

——どうかしら、思い切って三股なんて手を出してみるのも。

ぎゃあ!　悪魔(こがねざきさん)の声が脳裏に蘇(よみがえ)る!

だめだめ!　いくらわたしだって、三股なんて非道になんか走らないんだから!

「ようちゃん?」

「ふぇっ!?」

「やっと反応してくれた。さっきから何度も呼んでたんですよ?」

「え、あ……ごめん……」

水族館から駅まで続く長い道の途中。

ファンの人達から逃げ切り、徒歩に切り替えた今も、真希奈の手はぎゅっとわたしの手を握ったままだ。

今日は一日、握ってないときの方が少ないんじゃないかってくらいだけれど、今更になって思ってもいなかった意味が込められている気がしてしまう。

「今日、これからどうしましょうか。もうすぐ夕方くらいですが、今帰るのはちょっと早いかなって」

「そ、そうだね」

正直、頭がぐちゃぐちゃしてそれどころじゃないけれど……でも、ここで解散してしまえば余計にもやもやしてしまうだろう。

少しでいいから、真希奈の真意が知りたい。

たとえそれが、わたしの望むものとは違っていても。

「でも、どこ行く？　できれば涼しいところがいいかなぁ……」

日も落ちきっていない中走ってきたのだ。水族館も特別涼しかったわけじゃないし、先に暑さでへばっちゃいそう。

「それじゃあ、いいところがありますよ」

「えっ」

「この周辺のお店を予め調べておいたんです。それで、時間があったらようちゃんと行きたいなってカフェを見つけて」

「カフェ……うん、いいね！」

それならお話するにはちょうどいい！

まぁ、人がいっぱいいたら真希奈の身バレリスクもあるけれど……

「ふふっ、その点はたぶん大丈夫です」

そんなやりとりを経て、歩くこと五分。

真希奈が連れてきてくれたのは、なんだかかっちりしたモダンな雰囲気のカフェだった。

店内にはジャズが流れていて、お客さんは入っているけれど、それぞれ自分の時間をゆったり過ごしてる感じ……そんな大人な雰囲気に、なんかドキドキする。

「いらっしゃいませ。お二人様ですか？」

「はい。上、空いてますか？」

「はい、どうぞ」

慣れた感じで店員さんとやりとりする真希奈。

そして、二階への階段を上がると……

「へぇ……」

「二階は個室なんです。人に聞かれたくない話をするにはピッタリですね」

なんて、真希奈に解説してもらっている間に、いくつかある個室のひとつに案内される。

間取りはカラオケボックスみたいな、そんなに広くはないけれどくつろぐには十分な感じ。

「わたし、個室のあるカフェって初めて」

「面白いですよね。ここの店長さんが新しいものが好きで、色々積極的に取り入れてるんですって。もちろん、ホームページからの受け売りですけど」

注文も部屋に備え付けのタブレットから行うみたい。チェーン店とかでは見かけることも増えたけど、個人経営のお店とかだとやっぱり珍しいかも。

「お仕事をされている方が、ウェブ会議とかリモートワークに使ったりとか、そういう需要もあるんですって」

「ほえー……」

噂程度にしか聞いたことないワードだけれど、なんだか大人の世界っぽくてわくわくする。

「ようちゃん、何頼みます？　大丈夫、ここは私が奢（おご）りますから」

「えっ、いいよぉ……自分の分は自分で……うっ!?」

た、高い……！　普通のブレンドコーヒーでも、一高校生には中々手を出せない強気な値段設定に……!?

「ふふっ、だから任せてください」

「ごめん……じゃあ、このアイスティーで」

「はいっ」

そんなこんなで、わたしのアイスティー、真希奈のアイスカフェオレが届き、ようやく落ち着いた時間が訪れた。

でも、ここからが本番なんだ。

「あの、真希奈」

「はい？」

「さっきのさ……約束の話」

あえて最初に、自分から切り出したのは、少しでも機を逃せば逃げ続けてしまうって分かっていたからだ。

真希奈がここに連れてきたのも、たぶんその話がしたかったから……なんだか、確信がある。

「やっぱり思い出してくれたんですね」

にっこりと、無邪気な笑顔を浮かべる真希奈。

胸がどくんと跳ねる。

やっぱり真希奈は忘れてないし、この約束を過去の物になんかしていなかった。

「引っ越しで、ようちゃんと離ればなれになってから、わたしの心の支えはようちゃんとの約束だけでした」

わたしの目をじっと見つめて、真希奈が語り始める。その初手からの重さに早速胸が詰まりそうだ。

「両親の不和は当時から有り、幼稚園児の私にも、『ああ、ずっと家族ではいられないんだ』と察せられる程のものでした」

それは、想像もしていなかった話だった。

真希奈のご両親が離婚しなかったのは、真希奈の存在があったから。

でも、愛と呼ぶにはほど遠い――真希奈を生んだ『責任感』から、ご両親は真希奈が高校を卒業したら離婚するという話し合いをしていたという。

そんな二人にとって真希奈が「アイドルになりたい」と言い出したのは、ある種好都合だった。

「私がレッスンに行っている間は手間が掛かりませんから。叶わぬ夢でも、その夢を目指す後押しをしたというだけで、二人の私に対する罪悪感も多少は和らいだでしょう」

「真希奈……」

「そんな悲しそうな顔をしないでください。おかげで私は、誰からも反対されること無く約束(ゆめ)への道を歩むことができたんですから」

あれだけ思っていた家族がバラバラになる……わたしだったらきっと耐えられない。

でも、真希奈には約束があった。わたしとの約束が。

「もしもアイドルになれたら――約束を叶えたら、もう一つの約束だって叶うかもしれない。ようちゃんと、家族になれるかもしれない。それが私の全てだったんです」

真希奈の才能は瞬く間に開花した。

歌、ダンス、演技、さらには愛嬌(あいきょう)やトーク力、年齢を重ねるごとに磨かれていく容姿……アイドルに求められる全てを、彼女は満たしていた。

そうして、中学入学と同時にアイドルグループ『シューティングスター』を結成。

デビューライブから話題を集め、彼女達はスターダムを一段飛ばしで駆け上っていった——

「その頃から、両親の私を見る目が変わりました。離婚後、親権をどうするか殆ど押しつけ合っていた二人が、『自分が引き取る』と主張し始めたんです」

「それって……」

「両親にとって、小田真希奈より、『天城マキ』の方が価値があったんでしょうね」

「そんな……そんなのって……」

聞いているこっちがつらく、悲しくなるような話。

でも一番つらいのは、当事者である真希奈が当たり前みたいな……どうでもいいみたいな顔をしていることだ。

二人の意思を知って、苦しんで、受け入れて、諦めて……そう至るに十分な時間、一人で抱え込んできたんだろう。

「元々、事務所とは今のタイミングで活動休止をすることは話し合ってきたんです。もちろん慰留を求められもしましたが、近年では良い学歴を得ることで活動の幅を広げられるケースも増えている……そんなデータを集め、なんとか説得して」

「わざわざデータを集めたってことは、それが本当の目的じゃないんだよね……？」

「はい。両親が離婚するより先に自立したかった……有りがたいことに、アイドルのお仕事で得た賃金は最初から私の口座に振り込んでもらっていました。両親も気になっていたでしょうが、あからさまにお金の話をするのは、下品というか、プライドが許さなかったのでしょう」

たしかに、真希奈のご両親は共働きで、仕事第一って感じの人達だった。だから、真希奈はそれを逆手に取って……？

わたしの脳みそじゃ、既にちょっとぐるぐるするような話だ。そんな駆け引きを、真希奈は小学生の頃からやってきたなんて！

「活動休止が発表されるタイミングで空き家になっていた家を買い戻し、引っ越してきました。その為に色々強引な手も使いましたが、結果的に殆どが私の目論見通りに……」

「…………」

「……あっ、すみません！　こんな話、面白くないですよね」

あまりに壮大な人生を聞かされ呆気にとられていたわたしを見て、真希奈は苦笑する。

「こうして全部を話したのはようちゃんが初めてなんです。決して愉快な話ではありませんし……」

「う、ううん！　知れて良かった……！　むしろ、何も力になれなかったのが歯がゆいくらいで……」

なんて、自分のことでいっぱいいっぱいで、勝手に『天城マキ』に嫉妬して……それが

真希奈だったのにすら気づけなかったわたしには悔やむ権利もないかもしれないけれど
――

「そんなことありませんよ」

真希奈がテーブル越しに、わたしの手を握ってくる。

その真剣な眼差しで見つめられたわたしは、ただ息を飲むしかなかった。

「ようちゃんがいたから、頑張ってこれたんです！　ようちゃんとの約束があったから……」

「でも、約束したのは幼稚園のわたしだよ。あの頃と同じ関係でいられたらって思っても……今のわたしが、真希奈の期待に応えられるなんて思えない……」

「ううん、ようちゃんはようちゃんです」

真希奈は首を横に振って否定した。

「ようちゃんと再会したとき、ようちゃんの私を見る目は他の誰とも違いました」

そ、それは……もしかしたら日本全国探しても殆どいない、一目で真希奈を天城マキだと気が付かない人間だったからかもしれないけど。

「ようちゃんは私を、天城マキとしても、小田真希奈としても見てくれる。利害がどうとか気にせず、友達として、幼馴染みとして、一緒にいてくれる。あの頃と、同じように」

真希奈はそう言って、鞄から一枚の写真を取り出す。

もう随分と古い、けれど大切にされてるって一目でわかるその写真は——

「あ……真希奈と、わたし」

「はい。大切なお守りです」

写真に写っていたのは幼稚園のスモックを着たわたし達。

眉毛をへの字に曲げた真希奈に、わたしが抱きついていて……たぶん、同じ写真をわたしも持ってる。

「二人きりのはこれだけなんです。つらいときも、苦しいときも、ようちゃんを思うと勇気が湧いて……ふふっ、初ステージの時なんて、衣装のポケットに入れていたくらいなんですよ」

「そ、そうなんだ」

なんか照れる。ていうか真希奈の中のわたし、どんだけすごい存在なんだ!?

国民的アイドルを支える守護天使的存在……？　お姉ちゃん大好き（希望）な妹達でも、ありえないって一蹴しそうだ。

「……ごめんなさい、ようちゃん」

「えっ、いきなりどうしたの!?」

「私……嘘を吐きました」

「嘘？」

え、なんだろう。全然分からない。

でも真希奈は叱られる前の子どもみたいにばつの悪い顔をしていて……これは嘘じゃないと思うんだけど。

「実は、週刊誌に追われているというのは嘘なんです！」

「え……？」

一瞬、何を言っているのか分からなかった。

そう……そういえば、きっかけはそんな話だった。

真希奈が無実の恋愛疑惑に悩まされていて、その疑惑を晴らすために今日のデートがあって……もちろん、忘れていたわけじゃない。

けれど……常に意識してたわけでもなくて……

「もしかしたら関係無くマークはされている可能性はあります。けれど、共演した俳優さんとというのは私が考えた、ねつ造で……」

思えば、照明が暗めな水族館の中だけどフラッシュを炊いて撮られてるみたいなのは無かったし、真希奈も気にしている感じはなかった……かもしれない。

「そうだったんだ……」

「ごめんなさい！　今日が終わったら言おうって思ってたんです！　でも、騙（だま）したのは事実で……」

真希奈が深く頭を下げる。

そんな彼女を見て、浮かんだ言葉はたったひとつだけだった。

「良かったぁ！」

「……え？」

騙された怒りなんて全く無い。

むしろわたしはすっごくホッとしていた。

「だって、記者さんには追われてないってことでしょ！　活動休止したんだからゆっくりしてほしいいし、学業にも専念できるし……いいことだらけじゃん！」

そりゃあ色々考えたら切り無く浮かんできそうだけど、そしたらまた迷宮に迷い込んじゃいそうだし。

「それに、色々あったけど、今日も楽しかったし！　なんか一個胸のつっかえが降りた気分！」

「ぁ……」

真希奈は呆気にとられているみたいだけど、わたしの心は晴れやか！

今なら大人な値段のアイスティーの味もさっきより楽しめる――

「ようちゃん、好きです」

「ぶっ!?　えっ！！？」

「あっ、ごめんなさいっ！　つい言ってしまいました!!」

慌ててしどろもどろに言い訳する真希奈、けれど……たぶん、今のはガチのやつだ。

由那ちゃん、凜花さん、桜、葵——押し倒されこそしなかったけれど、今まで受けたガチ告白四回と似た熱が込められた、本物の告白だった……！

わたしが言うんだから間違いない!!

「うぅ……」

これでもかと顔を真っ赤にして目を潤ませる真希奈。

もしかしたら今、思わず言ってしまったことによるガチ反省会が脳内で開かれているのかもしれない。

対するわたしは、思わず吹き出しこそしたけれど、「もしかしたらそうなんじゃないか」って心の準備はできていたけれど……うう、でもでもでも！

「真希奈、でも、わたし……」

「分かってます。ようちゃんにはもう、恋人がいるんですよね」

「……うん」

「でも、恋人と結婚は違います!!」

「ふぇ!?」

予想だにしない返し!?

「ドラマとかでは、長年連れ添った恋人を捨てて、別の人と結婚するというのは良くある話でしょう？」

「たまに見るけど！」

「つまり、ようちゃんに恋人がいてもまだ私にチャンスは残っているわけです。それに私はアイドル、『天城マキ』ですよ？　最高の稼ぎ頭！　ようちゃんは働かなくても悠々自適な暮らしを提供できるんですよ？」

そりゃあそれだけの財力はあると思いますが……！

まさか、本当に小金崎さんの言った通りの展開になるなんて！

真希奈の目はキラキラ輝いていて、これまでで一番いい顔をしている。

うっかり告白も完全に開き直ってる！

「で、でも、結婚なんて……わたしたち女の子同士だし……？」

「オランダ、ベルギー。スペイン、カナダ……」

「へ？」

「同性婚が認められている国はいくつもありますし、どんどん増えています。そういう国に移住すれば問題ありません」

「で、でも、それじゃあアイドル——」

「蓄えはありますし、個人で動画配信してお金を稼ぐという手段もあります。万が一上手くいかなくても、その時は私がバリバリ働いてようちゃんに不自由はさせませんっ！」

ち、力強い……！　そして説得力もすごい！

なんたって同い年でありながら、とんでもない額を稼いできた彼女なのだ。

一芸に秀でる人は他の分野でも活躍できる、とどこかの偉い人が言ったらしいし、アイドルでなくても真希奈が大活躍できる世界はいくらでもあるだろう。

いや、でも……わたしには由那ちゃんと凛花さんが！

「そう焦らなくても大丈夫ですよ。今すぐ答えを求めたりなんかしません」

「いや、焦るとかじゃなくて――」

「ふぅ……本当の気持ちを伝えたらスッキリしました！　あっ、このカフェオレすっごく美味しいです！」

いや、一人で勝手にスッキリしないで！　カフェオレの味楽しまないでーっ!!

重い家族周りの話、週刊誌に追われているのが嘘だったってこと、ガチ告白、そっからのプロポーズっ!!

このカフェに来てからの情報がいちいちおっきすぎて、わたしの頭じゃまだ全然処理しきれてないのにっ！

わたしはただ、幼馴染みとして真希奈の力になりたかった……けれど、本当はどうするべきだったの!?

「ようちゃんも、もしもアイスティーのおかわりがしたくなったら遠慮しないでくださいね。それも全然奢(おご)りますし、なんならケーキとかつけても大丈夫ですよ」

「う、うん……」

真希奈は清々(すがすが)しい表情を浮かべて、それはそれで良かったけれど……けれど……!!

「……じゃあ、おかわりしちゃうかな……へへ……」

「はいっ」

結局どうしたらいいかなんか分からなくて、もう殆(ほとん)ど思考放棄しつつ、残りのデートを流されるがままに楽しむのだった……!

幕間Ⅲ 「小田真希奈」

「マキ」

「……？　なんですか、ミオさん」

それは私が『天城マキ』としてアイドルデビューしてから四年目——高校に入学して初めての夏を迎えた頃の話。

新曲発表に向けたレッスン終わり、私は同じグループ『シューティングスター』に所属するアイドル、来馬ミオに呼び止められた。

……いや、呼び止められたなんて優しい言い方はそぐわないかもしれない。

痛みを感じる程度には強く肩を摑まれ、眉も目尻もテレビには映せないくらい吊り上がっていて、怒気なり敵意なりを向けてきているのが分かる。

もしもこの雰囲気から、天気の話みたいな呑気な話題が出てきたら面白いけれど——

「聞いたよ。活動休止の話」

やっぱり。出てきたのはそんなつまらない話題だった。

「耳が早いですね」

「早いって……まず第一に私達に相談すべきじゃないの!?」

表情に出ていた通り、さっそく感情的になるミオ。

元々直情的な子ではあるけれど、今日は普段より何段か強めな印象だ。

でも、対する私はレッスン終わりで正直かなりしんどいし、早く帰って勉強もしたいしで……あまり付き合う気にはなれなかった。

「その話、今しないと駄目ですか」

「はぁ!? 当たり前でしょ! つーか、本当は少しでも活動休止を考えたなら、その時点で自分から話すもんでしょうが!」

「…………」

思わず溜息を吐きそうになったが、今のミオにそんなの見せたら反射的に引っ叩かれそうなので、ぐっと堪える。

まぁ、ミオが悪いわけじゃないのも確かだ。

ミオと私はこの事務所に同期入所した。

ほぼ興味本位で入った完全素人な私に比べ、ミオは入所前から色々と習い事をして鍛えられてきたらしい。

ご両親にも大層可愛がられたようで、毎日元気で楽しそうで……思い出だけを拠り所にしている私とは全然違った。

レッスンが始まると、常にミオは先生に褒められてみんなの注目を集めていた。

逆にわたしは初めてのことばかりでダメダメ。でも周りもそんな子ばかりで悪目立ちはしなかった。

だから、きっとミオも当時の私のことなんか存在にさえ気づいていなかっただろう。

（果たしてそれを同期と呼べるのか……）

けれど、同じ月に入所した——ただそれだけの接点しか持たなかった私達が、シューティングスターの結成を機に突然関わり合うようになった。

シューティングスターは表向き、メンバー仲の良いグループだ。

更には私はリーダーで、ミオは副リーダー。

表でも裏でも、ぐっと接点は増していく。

（……この目）

今も、私の肩を摑んだまま、睨み付けてくる鋭い目。

ファンが見たら卒倒するだろう。勝ち気と言うには荒々しすぎる。

怒り。敵意。……嫉妬。

彼女が私を見るようになったときから、ずっと向けられ続けているこの目が、私は苦手だった。

「黙ってないで答えてよ。どうしていきなり活動休止なんて……」

「最初からそう決めていました」

「……最初から？」

「アイドルとしてデビューする前から、です」

「はぁ!?」

ああ、早くシャワーを浴びて、ご飯を食べて、勉強して……やらなきゃいけないことは沢山残っている。

明日だって朝から収録。収録。収録。そしてレッスン。

スケジュール表は朝から夜までびっしり埋まっている。

当然学校に通う時間なんか無い。入ったばかりの高校は芸能科で、お仕事を優先させてくれはするけれど、通ったのはまだ片手で数える程度。

中学の時は高校入試に必要な出席日数と学力を得るために無茶な補習を組んでもらって、体力的にかなり無理をしたし、周りの人にも迷惑をかけてしまった。

時間は貴重なのだ。一分一秒だって無駄にはできない。

こんなくだらない話、している暇なんか無い。

「デビューする前ってどういうこと――」

「理由は話しましたよね。もういいでしょう？」

私は、いつも通りの笑顔を浮かべ、話を打ち切る。

「事務所からこの話を共有されたとき、こうやって私を問い詰めろと言われたんですか」

「っ！　そ、それは……」

そんなわけがない。

中学一年からレッスンに通い、とりわけこの事務所の社長は私に目を掛けてくれた。

社長は両親以上に私の人生を見てきた人だ。

高校入試のために必要な出席日数と学力を補塡するために私が苦しんだことを。

私が、高校も大学も、人並みに通えたらとどれだけ願っていて、その為に毎日時間を捻出して勉強を頑張っていることを。

あの人は知っている――だから、学業集中のための活動休止だって最初こそ渋りはしたものの結果了承してくれた。

社長がこの時期からメンバーに情報共有したのであれば、私の活動休止に向けての心の準備と協力のお願いだろう。

少なくとも、こんな責めるように問い詰めろなんて言う筈はない。

「あ、アタシは、アンタの勝手にみんなが迷惑かけられるって言ってんの！」

私の冷めた態度に、ミオが苛立ちを見せる。

苛立つあまり、つい本音が出てしまっているけれど、きっと本人は気づいていないんだろう。

「せっかく高校生になって、活動できる時間だって増えたのに！」

「ええ、だからこそ時間を無駄にしたくないんです」

そして苛立ちは……他者に伝播する。

疲労が溜まり、精神的に摩耗した今、私に『理想の私』を取り繕う余裕は無かった。

「なによそれ。アタシとの会話が無駄ってワケ？」

「…………」

「アンタさ、いつからだっけ、その敬語」

売り言葉に買い言葉。いや、最初につっかかってきたのはミオの方だけれど。

とにかく、彼女の声には確かに私を挑発しようという感情が滲んでいた。

「仕事で会う相手は殆どが年上で先輩で……だからって私生活まで常に敬語で統一なんて普通する？　意識高いっていうよりさ、気取って見えてイタい——」

「はぁ……」

やっぱり、彼女には分からない。私のことなんか、何にも。

でも別にいい……彼女は同じアイドルグループの仲間ではあっても、友達や家族じゃないのだから。

私には……彼女がいるから。

「それじゃあ、お疲れ様でした」

「ちょっと!?」

彼女の子供じみたちょっかいを受け流し、肩を摑んでいた手を払って稽古場を後にする。

汗が冷えたからだろうか、もう夏だっていうのに、少し寒い。

頭もちょっと痛くて……私は誰もいない廊下の隅に一人座り込んだ。

シャワーを浴びたかったけれど、ミオが追いついてきても面倒だったし、何より――

「……ようちゃん」

吐き出したかった。

誰も見ていないこの場所で。

薄暗い、すみっこの……私が『わたし』でいられる唯一の世界で。

わたしだけの、ようちゃんに。

「ようちゃん、今日もわたし、頑張ったよ。ようちゃんなら褒めてくれるよね。真希奈(まきな)、えらいよって言ってくれるよね……」

ずっと肌身離さず持ち歩いている、幼稚園の頃の写真。

そこに映った気弱な少女を、彼女は花火のように弾(はじ)けた笑顔でぎゅっと抱きしめ、包み込んでくれていた。

間四葉。

わたしの大好きなようちゃん。

あれからもう何年も経ってしまった。今ようちゃんはどうしているだろう。

わたしがアイドルになったってことは知ってるのかな。

知ってたら恥ずかしいし、案外知らなくても……それはそれでようちゃんらしいかも。

いつも明るくて、元気で、わたしやみんなを笑顔にしてくれて……でも、どこか抜けてるっていうか、天然なところもあって。

わたしがつらいときはいつも助けてくれた。悲しいときはそばで慰めてくれた。もちろん楽しいときも嬉しいときも、ようちゃんはいつもわたしに寄り添ってくれた。

みんなが憧れる、物語の王子様……わたしにとってそれはようちゃんのことだった。

今はどんな子になったのかな。あの頃のまま？　それとも別人みたいになってしまっただろうか。

わたしとの……あの約束は覚えてくれているだろうか。

……考えれば考えるほど、どうしたって悪い妄想をしてしまう。もう、あの頃のようちゃんはいないかもしれないって。

わたしが『天城マキ』になったみたいに、ようちゃんがようちゃんのままでいるとは限らない。

そう考えると、再会が少し怖くもなるけれど――

「……ううん。それならそれでいい」

もしもあの頃のようちゃんがいなくても……取り戻せばいいんだから。

「私は、全て手に入れてきた。後ろめたい手でなんかじゃない……愚直に努力して、己の力で、勝ち取ってきたんだ」

事務所所属のオーディション。プロデビューの為の社内評価。

シューティングスターのセンターポジション。

アリーナライブを全日埋め尽くすだけのファン達。テレビ出演。レギュラー番組の獲得。

最初は脇役からスタートしたドラマでの俳優業だって、今は主演を張れるまで登り詰めた。

事務所の努力ももちろんあるけれど……でも、殆どが私自身の力で摑み取ってきたものなんだ。

「絶対に取りこぼさない……絶対に……ようちゃんだけは……どんな手を使ったって……ようちゃんだけは……!!」

何度も言い聞かせる。
私は天城マキ。日本を代表するアイドル。
私は凄(すご)い。私は強い。誰も私には敵(かな)わない。
だからようちゃんだって……きっと好きになってくれる筈なんだ。
だから——
「ようちゃん、もうすぐだよ。もうすぐ会いに行けるから……待っててね」
そう、写真の向こうで『わたし』を抱きしめるようちゃんに笑いかけた。

「ねぇ、四葉ちゃん」

「……はい」

「まずは話してくれてありがとうって言うべきかしら。ねぇ、凛花？」

「そうだねぇ……」

　真希奈とデートした翌日。

　色々考えても全然上手いこと纏められなかったわたしは、とりあえず……いや、とりいそぎ？　由那ちゃんと凛花さんに懺悔することに決めた。

　そして、両親、更には桜と葵も不在ということで、前から要望を貰っていた我が家へお招きし、最早定番となった土下座で出迎え、リビングに案内し、再度土下座し、昨日の真希奈とのことを洗いざらい告白した。

　我ながら、土下座が板に付いてきた感じがする。

「ねぇ、四葉さん」

　土下座してて顔は見えないけれど、凛花さんの声はどこか冷たさを感じさせた。

「四葉さんはさ、一体どれだけ告白されれば気が済むのかな」

「うぐっ！」

「あたしと凜花、それに妹さん達、そして幼馴染みさん……ホントにあたしが初めてだったわけ？　このペースなら年三桁は告白されててもおかしくないわよね」

「違いますぅ……本当に由那ちゃんが初めてだったんですぅ……」

　わたしだって全然分かんないんだ。

　空前のモテ期到来……？　相変わらず男子からは見向きもされないけど。

「あの、でも、わたしが思うにですけど、すべて、お二人とお付き合いし始めてから始まってまして……」

「あたし達が悪いってこと？」

「ち、違います！　もしかしたらお二人の魅力が、この矮小なるわたくしめに多少伝播したのではないかなぁと……」

「矮小なわたくしめって……四葉さん、さすがに卑下しすぎてちょっと演技臭いよ」

「えっ!?」

「土下座ももういいから」

「ええっ!?」

　こんなに誠心誠意、全力全開の想いを込めてるのに！　しかも土下座まで奪うなんてっ!!

……とはいえ、わたしに拒否権なんて当然存在しないので、大人しく正座に直すことにする。

「まったくもう……なんて顔してるのよ」

「へ？」

「今にも泣き出しそうで見てられないっていうか……これじゃあたし達がいじめてるみたいじゃない」

そう溜息(ためいき)交じりに苦笑する由那ちゃん。

「私達、別に怒ってるわけじゃないよ。そりゃあショックではあったけどさ。ていうか、恋人がいきなりプロポーズされたなんて言い出したら当然だよ！」

「う……」

そりゃあそうだ。わたしだって、もしも二人からそんな報告されたらショックで寝込む。

「で？　四葉ちゃん、まさか受けたんじゃないでしょうね？」

「う、受けてない！　受けてないです！」

「……断った？」

「断っ……てもない……」

「やっぱり」

やっぱり!?　なに、凜花さん!?　やっぱりってなに!?

「四葉さんって、あまりにも優柔不断っていうか……」

「マンガの主人公みたいよね。天然タラシで鈍感系で」

ぐさっ、ぐさっと言葉が突き刺さる。

主人公なんてとても恐れ多いけれど、否定も……できない……!

「あたし、今回の件ではっきり理解したわ」

「私も」

「ええっ!?　理解って……も、もしかして……!」

頭を過(よぎ)った最悪の展開に、わたしは反射的に二人の足下へ縋(すが)り付いた!

「ごめんなさいぃぃ!　良い子になります!　わたし良い子になりますから!　どうか、捨てないでぇぇっ!!」

「捨てる!?」

「ちょ、四葉さんっ」

「二人に捨てられたらわたし、もう生きていけないっ!」

我ながらみっともないことこの上ないけれど、それでも必死に縋り付くしかなかった。

こんなわたしじゃ呆(あき)れられたって仕方ないけれど、でももう二人がいない人生なんて考えられない!

「もう……捨てるなんて一言も言ってないでしょう!?」

「でもぉ……」

「顔上げて、四葉さん――って、ひどい鼻水!?」

「だってぇ～……!」

悲惨な未来を想像し、気が付けば顔中涙と鼻水にまみれていた。

そんなバカでマヌケで情けないわたしに、由那ちゃんは優しく背中を擦ってくれて、凛花さんは汚れるのもいとわずハンカチで顔を拭いてくれる。優しい……好き……

「本当に四葉ちゃんはバカね。捨てられるなんて……むしろ、あたし達の方がそうなるんじゃないかって怯えてたのに」

「え……」

「本当は、フリでもデートなんかして欲しくなかったんだ。私達から四葉さんの気持ちが離れてしまうのが、怖くて……」

「由那ちゃん……凛花さん……」

胸がぎゅっと締め付けられる。

水族館で小金崎さんが話してくれた懸念……その通りの不安を、わたしは二人に感じさせてしまっていたんだ。

「ごめんなさい、わたし、自分のことばっかりで……」

「その通りよっ！」

「ふぇっ」

さっきまでの暗い雰囲気を一転させる強い返しに、ついビックリしてしまう。

由那ちゃんは、それに凜花さんも……なぜか挑戦的な笑みを浮かべていた。

「四葉ちゃんは放っておくと何をしでかすか分からないでしょ？　ふらーっと誰かに付いていって、その度に誰かに惚れられて……そんな繰り返しじゃ彼女であるあたし達の心臓が保たないのよ！」

「束縛が強いって思われるのもつらいけど、そうも言ってられないよね。この調子じゃ四葉さん、いつか誰かに刺されそうだし」

「刺されるの、わたし!?」

と、一瞬驚きはしたものの、既に由那ちゃんと凜花さんに二股をかけるという、聖域ファンクラブの皆さんにバレたらタダじゃ済まない状況だし、今回の件で全国に数万、数十万といる天城マキファンの皆さんも敵に回してしまったかもしれない。

これ、刺されるで済めば良い方では……!?

「ど、どうしよう！」

「大丈夫！　これからはあたし達がしっかり四葉ちゃんの手綱を取るからっ！」

「安心して。大切な彼女を誰かに取られるわけにはいかないからね」

自信満々に胸を張る由那ちゃんと、ぱちんとウインクをする凜花さん。

なんだかよく分からないけど……二人が「大丈夫」「安心して」って言うならきっと大丈夫だ！

「よーしっ！　そうと決まれば早速行動開始よ、凜花！」

「ああ。幼馴染みだろうがなんだろうが、絶対に四葉さんは譲らない！」

二人はそう言って立ち上がると——なぜか、こちらを向き直った。

ギラリ、と獲物を目の前にした肉食獣のように眼光を光らせながら。

「え、あの……二人とも？」

「ねぇ四葉ちゃん？　今日、妹さん達も夕方まで戻らないのよね？」

「う、うん。桜は塾の夏期講習で、葵は友達のバースデーパーティーだから……」

「じゃあ思う存分できるね」

「できるって、な、何を……？」

じりじりと近づいてくる二人。

その物々しい雰囲気に、思わず後退(あとずさ)るわたし。

でも、逃げるにも限界があって——

「簡単に他の人に目移りできないよう……ちゃあんと教え込まなきゃ」

「お、教え込む!?」

「この間も結局ラブホテルはお預けになって……でも、初めてが四葉さんの家なら、これはこれで平等だよね」

「は、初めて……!?」

それってそういう……それってそういう、だよね!?

「恋人が誰なのか」

「たっぷり理解(わか)らせてあげるから」

壁際に完全に追い詰められると同時に、しゅるっと服の擦れる音が聞こえ……わたしは生唾を飲んで、なんとか声を絞り出す。

「あ、あの、わたしの部屋、上ですので……」

そうして……たっぷりと、誰がわたしの恋人なのか、恋人とはどういうものなのか、心に、そして体に刻みつけられたのだった。

◇◇◇

不思議なことに、水族館デート以降、真希奈(まきな)は夏休み中一度も会いに来なかった。

何度かチャットでやりとりをしたけれど、何かの準備に忙しいとのことで……

由那ちゃんと凜花さんはちょっと警戒していたけれど、本当に何も起きないまま夏休み

N-ICI

は終わりを迎えた。

　そして、夏休みが終われば、当然——

「うぁー……」

「お姉ちゃん、朝からなんて声出してるのよ」

「ゾンビみたいだよ、ゾンビ」

「ゾンビにもなるよ～……夏休み終わっちゃったんだよっ!?」

　始業式の朝、わたしはパジャマ姿のままソファでぐだぐだしていた。

　思えば、今年の夏はこれまで過ごした夏の中で一番充実してたと思う。

　良かったばかりじゃなくて、考えなきゃいけないことも沢山できたけれど……

　でも、夏が終われば秋が来る。どうしたって時間は進んでしまう。

「始業式が来なければさ～……夏休みだって終わらないのにぃ～」

「お姉ちゃん、それ無理あるよ」

「ほらっ、いつまでもパジャマ着てないで、さっさと制服に着替えるっ!!」

「えー……」

「ったく、葵（あおい）!」

「がってん!」

「え？　葵？　桜（さくら）っ!?」

ごねる姉を葵が抱きつくように捕らえ、桜がパジャマを脱がしに掛かる。

いささか乱暴だけれど……悪くない。ていうか、お姉ちゃん的には妹二人にお着替えさせてもらえるなんてご褒美でしかないよ！

「ここ、寝癖が跳ねてるわ。しょうがないわね」

そう言って優しくヘアブラシで解いてくれる桜。

「じゃあ……葵はお姉ちゃんがリラックスできるようにマッサージしてあげるね♪」

対し葵はソファの裏に回り込み、肩を揉んでくれる。

これは……妹キャバクラ再臨!?

いや、キャバクラというより、これは介護……！　妹デイサービス爆誕ッ!!

「ふ、ふへへ……」

「うん、こんなところかしら。ってお姉ちゃん！」

天国気分を満喫していると、桜からぺちっとほっぺたを叩かれた。

「おおぅ……寝るところだった」

「寝たら意味ないでしょ。まったく……お姉ちゃんにとっては憂鬱な二学期初日でも、あたし達にとっては大事な夏休み最終日なんだからね？」

「この後、桜ちゃんとショッピング行くんだ～」

ぐ……うぅ、羨ましい！

でも、夏休みをギリギリまで楽しもうとする妹達を邪魔するのは姉としては完全アウトだ。

もしもうちの高校も今日まで夏休みなら……と思わなくはないけれど、頑張って行かなきゃ。頑張れ、頑張れ、頑張れわたし……！

「ううう……うー……！」

「頑張れお姉ちゃんー！」

「そんな立ち上がるのにも気合いがいるほど行きたくないわけ？」

「行きたくないわけじゃないけど……」

「ほら、制服。きちっと背筋伸ばさないとダサいわよ」

桜が綺麗に畳んであった制服を渡してくれる。

「なんか制服着ちゃったら、余計夏が逃げてく感じしない？」

「安心してお姉ちゃん。夏はとっくに過ぎてるよ」

「うー……」

葵からのド正論を喰らいつつ、久々の制服に袖を通す。

まぁ久々って言っても補習で先週着たばっかりなんですけどね！

「まぁ、お姉ちゃんの気持ちも分かるわよ。夏休み、色々あったもんね」

「うん……」

「も、もちろん、アタシ達のことだけじゃないわよ!? お姉ちゃん、毎日楽しそうだったしさ。アタシ達以外の人と遊びに行くのが増えて、寂しくないわけじゃないけど……でも、それ以上に嬉しかったの」

「桜……」

「お姉ちゃんなら大丈夫だよ！ きっと秋にも冬にも、楽しいこといっぱいあるもん！ すぐに夢中になっちゃうよ！」

「葵ぃ……」

ああ、この二人は分かってくれてる。なんて優しくて頭が良いんだろう。

二人の眼差し。二人の声。二人の手。

二人の優しさがわたしに触れるたびに元気と勇気が湧いてくる。

「夏が終わっても、アタシ達はお姉ちゃんの妹なんだからね」

「何年、何十年経ってもちゃんと傍にいるから！」

「うん……ありがとう、桜！ 葵！」

たかだか学校に行くだけだけれど、つい感極まって二人を抱きしめてしまう。

たかだか学校に行くだけなのに、なんだかちょっぴり泣いてしまいそう。

「まったくオーバーなんだから……制服シワになっちゃうわよ？」

「えへへ、お姉ちゃんなら大丈夫だよ。いつだって葵たちがいるからね」

ああ、本当にいい妹達を持ったなぁ、わたし。

感慨深く改めてそう思いつつ、妹達からたくさんのパワーを貰ったわたしは、なんとか家を出ることに成功するのだった。

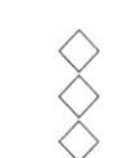

家を出て、学校に向かい住宅地を歩く。

永長高校に通う生徒の殆どは電車通学。徒歩で通っている生徒もいるけれど、わたしの家近くから通っている生徒には未だ会ったことがない。

最寄り駅から歩く生徒達の動線に合流するまではいつも一人。

気が楽と言えば気が楽だけれど、寂しいと言えば寂しい……一学期の終わりの頃は更に遠回りして由那ちゃんや凜花さんと合流するっていうのが定番になっていたけれど、そこに至るまで二十分程度の道のりは一人なのは変わりなかったし。

（一人なんて当たり前だったんだけどな）

少なくとも一年生の時は気にしたことなんか無かった。

小学校の途中から、そして中学はずっと。

わたしには友達なんていなかったから、一人にも慣れていて……慣れているって思い込もうとしていて。

でも今は友達もできて、恋人もできて……一人って嫌だなって思うようになって。

ただ歩くだけのこの時間でも、そんなことを考えてしまう――

「ヨツバー！」

「……え？」

なんだか最近聞き慣れ始めてきた声が聞こえたような……？

い、いや、さすがに幻聴だろう。夏の賑(にぎ)やかさに後ろ髪を引かれているがゆえに聞こえた夏の魔物――いや、夏の天使の残り香が……

「ヨーツーバー！」

「また……って、わあっ!?」

先ほどよりハッキリ聞こえた声に思わず足を止めると、ちょうど目の前の脇道から白銀の天使こと、咲茉(えま)ちゃんが飛び出してきた！

「やっぱりヨツバですのー！」

まるでスーパーカーのような疾走感で飛び出してきた彼女は、壁にぶつかる寸前で跳び上がり、目の前の塀を一蹴り！

くるくるっと宙を舞い……すたんっ！　と、わたしの目の前に華麗に着地した。

「お、おぉ～！　すごいっ！」

「おはようございますですの！」

「おはよう、咲茉ちゃん……って、なんで咲茉ちゃんがここに!?」

「ヨツバの気配を感じたですの！　だから来てみたですの！」

「そっかー、気配かー」

気配って何？　と思わなくもないけれど、咲茉ちゃんのことだし嘘は吐いていないんだろう。

というか考えたってきっとわたしの頭じゃ分かんないし!!

「ていうか咲茉ちゃんの制服姿久々！　やっぱりすっごい似合うね！」

「えへへ～ですの。褒められたですの！」

咲茉ちゃんはちょっと身長低めだから、高校の制服は少し背伸びしてる感があるけれど、それが逆にいい。いいよね。

可愛いなぁ……持って帰りたいなぁ……

「咲茉！」

「あ、お姉さま！」

わたしがよこしまなことを考えていると、咲茉ちゃんが来た方から次いで小金崎さんが走ってきた。

「はぁ……はぁ……いきなり走り出さないでっていつも言ってるでしょう……」

小金崎さんは疲労困憊といった様子で、膝に手をつき、呼吸を荒くしている。

なんだか新鮮――って見てる場合じゃ無い！

「あの、お水……っていうか、お茶ですけどどうぞっ！」

「ありがと……」

いつも通学鞄に入れている麦茶の入ったマイボトルを手渡す。

よほど疲れてたんだろう、小金崎さんはごくごくと喉を鳴らして飲むと、深く溜息を吐いた。

「はぁ、生き返ったわ……」

「お、お疲れ様です」

「ありがとう間さん……でも、どうして貴方がここに？」

「どうしてって通学路ですし」

「あー……そういうことね……」

なにか色々察したっぽい小金崎さんは深く溜息を吐いて項垂れた。

「咲茉」

「はいですの、お姉さま！」

「彼女に会いたいのは分かるけれど、突然会いに行ったら迷惑よ」

「え……迷惑ですの？」

咲茉ちゃんが絶望したように目を潤ませてわたしを見る。

「いや、迷惑なんかじゃ――」

「間さん、ちょっと」

小金崎さんはわたしの手を掴んで、少し咲茉ちゃんから離れたところに連れてくる。

その間も、追ってこないまでも悲しげな目でこっちを見てくる咲茉ちゃんが可哀想で気になるけれど……

「あまりあの子を甘やかしすぎない方が貴方の為よ」

「え？」

「想像してみて。いつでもどこでも、突然あの子に襲来されたらどうなるか」

「そんないつでもどこでもなんて……あ、ありえそう……」

デート中、学校での授業中、家族でごはんを食べてるとき――別に咲茉ちゃんが非常識って言ってるわけじゃないけれど、どんな状況下でも突然現れる咲茉ちゃんの姿が余裕で想像できてしまう！

「貴方は毎分毎秒、咲茉の襲撃に怯えるようになるのよ。そしてそこらかしこで咲茉の幻覚を見ては身を竦ませるの……」

「まさか、過去にそんな事件が!?」

「いえ、全然」

ないんかいっ!?

ありそうな雰囲気だったのに!

「そもそも、咲茉がこんなに誰かに懐くなんて初めてなのよ。私自身思ってもなかったことだけれど……やっぱり貴方、何かあるのかしら」

「な、なにかってなんですか?」

「聖域とか妹さんとか、この間のアイドルとか人を引きつける……ねぇ、最近怪しい人から香水とか買わなかった?」

「変な道具に頼ってるって思われてます!?」

「いや、そもそも聖域と出会ったのは高校入学してすぐよね。つまり高校デビュー的に薬物へ手を出して……」

「出してませんよ!? 高校デビューも今も、なにもしてませんっ!!」

道具を使って人心を操ろうとしているヤバい奴認定される前に全力で否定する。

小金崎さんも本気じゃ無かったみたいで、「まぁそうよね」って納得してたから良かったけど。

「まぁ、理由はともかく、あまりあの子を甘やかすと苦労するのは貴方よ。咲茉はまだまだ世間知らずだし、純粋なの。あの子に悪意は無いけれど……その無邪気さが貴方を苦しめてしまうかもしれない。たとえ貴方がそれでもいいって思っても、貴方が悲しめば、咲茉だって悲しむわ」

「はい……」

夏の間も咲茉ちゃんとは会う機会がいっぱいあって、その分彼女とは仲良くなれている自負があった。懐かれている……ううん、気を許してもらえてるって。

でも、小金崎さんの言う通り、いつでもどこでもってなったら、最初は良くてもどんどんつらくなっていくと思う。

咲茉ちゃんを嫌いになったりしないけれど、なにか、悪い感情が生まれて、咲茉ちゃんもそれに気が付いて……そんなのわたしだって嫌だ。

「ヨツバ……」

「咲茉ちゃん」

「わたくし、ヨツバを困らせていたですの？　嫌だったたですの？」

「っ……！　そんなわけないよ！」

拒絶なんかできない。絶対できない！

だって今、わたしは咲茉ちゃんと過ごす時間が大好きだから！

「そうだ、咲茉ちゃん。今度さ、電話しない？」

「お電話ですの？」

「うん！　ほら、この間連絡先交換したでしょ？　直接会うばっかじゃなくてさ、電話をするのも楽しいよ！」

　いつでも会いに来てとは言えないけれど、それで疎遠になっちゃうのも嫌だから……わたしは必死に知恵を絞り出した。

「電話ってね、すごいの。相手の声だけが聞こえてくるんだけど、今何してるのかな、どんな表情浮かべてるのかなって気になっちゃうの。なんか不自由だなって。でも、分からなかった分、その人を考えた分、直接会えた時すっごく嬉しくなるの！」

「嬉しく、ですの？　ヨツバと会えたら今よりもっと嬉しくなれるですの？」

「なれるよ！　今よりずっと！　ずーっと！」

「ずーっとですの!?」

　咲茉ちゃんがキラキラ目を輝かせる。

　ちょっと子供だましな言い方になっちゃったかもしれないけれど、別に嘘は吐いてないし、咲茉ちゃんも納得してくれたみたいだからＯＫ……な、ハズ。

（小金崎さんは……）

　横目で彼女の表情を窺ってみると、まるで母親のような温かな視線を咲茉ちゃんに注いでいた。

　これは……大丈夫ってことかな？

　なんやかんや小金崎さんは咲茉ちゃんに激甘で、咲茉ちゃんが喜んでいるのが一番みたい。

なんて、桜や葵に対しては同じようになりがちなわたしに言われたくはないと思うけど。

咲茉ちゃんともっと仲良くなって、もっと知れたら……小金崎さんとも咲茉ちゃん談義ができたりするかもなぁ。

「でも、今よりずっとヨツバと会いたくなったら……きっとヨツバのこと好きになっちゃうですの」

「へ？」

咲茉ちゃんはほっぺたを手で押さえながら、にこーっとはにかむ。

好きになる……好きになるってええと、どの程度の——

——ガシィッ!!

ぎゃっ！　肩がっ!!

「ねぇ、間さん。ちょーっと、お話いいかしら……？」

わたしの肩をがっしり摑んだ小金崎さんは、そりゃあもうとてつもなくお綺麗な笑顔をお浮かべあそばされていらっしゃいまして——

「ひゃ、ひゃい……」

わたしは、ちびっちゃいそうになるのを必死にこらえながら、涙目でおずおずと頷くしかなかった。

そんな朝からバタバタで波瀾に満ちた二学期初日。

でも改めて考えてみれば……あまり夏休み中と変わらないな、これ!?

妹達と騒がしい朝を過ごして、神出鬼没の咲茉ちゃんに驚いて、小金崎さんにお説教されて。

そして——

「どうしたの、四葉ちゃん。ニヤニヤしちゃって」

「始業式で何かあった？　教室戻ってきてからずっとそうしてるけど」

こうして、由那ちゃんと凜花さんとも会える！

しかも、このいつもの教室で、目の前に座っているのだ！

「ふぇへへ……」

「まったく、だらしない顔して」

「まぁでも、こんなこと初めてだよね」

今朝、始業式が始まる前に席替えのくじ引きが行われた。

結果、凜花さんが窓際の後ろから二番目、由那ちゃんがその隣、そしてわたしが由那ちゃんの後ろ……と、三人で近くに固まることができたのだ！

ちなみに、凜花さんの後ろでわたしの隣にあたる窓際最後列の席は、クラス人数の関係上空席。

事実上仲良し三人組で固まれる唯一の場所に、本当に三人で固まることができたなんて！

「わたし、こんなくじ運良いって思えたの初めて！」

「えんぴつ転がして入学した子が何言ってんのよ」

「あはは。日頃の行いが良かったんじゃない？　補習も良い感じだったんでしょ」

「うんっ！　プリント問題の正答率が高いってみきちゃんも――」

と、偶然名前を出したちょうどのタイミングで、担任のみきちゃん――安彦美姫先生が教室に入ってきた。

「すみません、遅くなりました」

みきちゃんは教壇に立つなり、淡々と謝罪した。

確かに始業式が終わってから十五分くらい経ってて、先生遅いなって思ってたけど……

「さて、早速ですが、今日から新たに、このクラスに加わる生徒がいます」

えっ!?

「先生！　それってつまり、転校生ってことですか!?」

「はい。正確には転入生ですが」

みきちゃんからのまさかな報告に一気に騒がしくなる教室内。

それはもちろん、わたし達三人も例外じゃなかった。

「転入生って初めてじゃない!?　一年の時も、他のクラスでもなかったよね！」

「そうね。永長高校の編入試験ってかなり難しいらしいから、相当頭いいんでしょうね」

「それって……四葉さんとどっちがレアなんだろう？」

「そりゃあ四葉ちゃんでしょ。転入生さんがえんぴつ転がして受かったんじゃなければ」

クラスメート達がみきちゃんに「男子か女子か」みたいな定番の質問をしている内に、由那ちゃんと凜花さんは早くもわたしイジりに切り替えていた。

正直、この突然のイベントにわたしも浮き足立ちそうだったんだけれど、どっしり構えている二人を見ると、やっぱり二人は大物だなって思わされる。

（よくよく考えれば、この二人と一緒にいる以上に緊張することなんて中々ないよなぁ……）

とんでもない天上の美少女が二人もいるんだ。

まだ見ぬ転入生さんには悪いけれど、この間四葉を驚かせるのはちょっとやそっとじゃできないぞ！

「それでは、入ってください」

「はいっ」

みきちゃんの声がけに、廊下から跳ねるような明るい声が聞こえてきた。

（……あれ？　この声、どこかで……？）

そんな疑問は、直後教室に入ってきた彼女の姿――いやもはやつま先を見た瞬間に解決した。


誰もが声を失う。わたしも、由那ちゃんも、凜花さんも。

スラッとした立ち姿。大人びた色香のあるスタイル。

窓から差し込む日の光を反射してキラキラ輝く美しい長髪。

自信に満ちあふれた瞳。すっとした鼻筋。ほのかに微笑みを浮かべる唇。

彼女はほんの僅か、教室のドアから教壇の隣まで歩くたった数歩で、この教室の空気を自分色に染め上げた。

そうして、まるでファッションショーのランウェイの如く、優雅に立ち位置へと辿り着いた彼女は教室を見渡し――わたしのところで視線を止めると、にっこりと微笑んだ。

「初めまして。今日からこのクラスに転入してきました、小田真希奈です」

教室がざわっとなる。

彼女が名乗った名前とは違う……、今みんなの頭には別の名前が浮かんでいるはず。

そして――

「おだ……まきな……」

「まさか、本当に……!?」

由那ちゃんと凜花さんが呆然とその名を繰り返し……バッと勢いよくわたしの方を振り向いた。

小田真希奈という名前を知っている人はごく僅か。

けれど、誰もが――目の前に現れる前から『彼女』を知っている。

天城マキ。今、日本で一番有名な十七歳。

「小田さんの席はあの空席です。みなさん、各々質問もあるでしょうけれど、それらはホームルームの後でお願いします」

みきちゃんが指したのはこのクラスにある唯一の空席。

窓際最後列――わたしの隣……!!

クラスの熱気が冷めやらぬ中、真希奈は涼しげに熱視線を受け止めながらこちらへと歩いてくる。

そして、由那ちゃんと凜花さんの横をすーっと通り過ぎて――

「よろしくお願いします、ようちゃん」

そう、わたしだけに囁いた。

「「…………!!」」

全てを察する由那ちゃんと凜花さん。

転入生として突如現れた真希奈。

止めどなく溢れ出し、わたしの背中をびちゃびちゃに濡らす冷や汗。

(どうしてこんなことに……!?　わたしの学生生活、いったいどうなっちゃうのーっ!?)


「百合の間に挟まれたわたしが、勢いで二股してしまった話　その3」了

あとがき

本作を刊行できる、と編集さんに聞かされたのは7月のことでした。

それまで、続刊できたらいいなと思いつつ、作家を名乗る上では足踏みするわけにもいかず、編集さんには別の新作について企画提案するためにアポを取っていました。

そして約束の三日ほど前に、続刊できる知らせを聞き、急ぎ『その3』のプロットを立てることにしました。


悩んだことは沢山ありますが、やはり一番は結末です。

手放しで「続刊するだろうな」と思えなかった現状を鑑みるに、『その3』を刊行した後も同じように出るか出ないか、天に祈る日々が続くことは明白です。

その為(ため)、この『その3』でシリーズが完結するという覚悟が求められます。

完結するのであれば、当然すっきりと、後腐れ無く終わるのが正道。そういう意味では初巻も『その2』も単巻で問題提起から解決までを描きましたし、一冊での完成度も相応のものになったと思っています（自画自賛）。

当然『その3』もこれまでに従い、同じように作ろう……と、思ったのですが、しかし、そこでまた色々と思い悩むわけです。

『その2』までお読みくださった読者のみなさまも『その3』が出るにあたりどんな物語が展開されるのか想像くださったと思います。

あえてこの場で、それらの可能性を羅列することは避けますが、最終的に『その3』では既存の登場人物を大きく動かすのではなく、これまでに出てこなかった新たな登場人物を追加することで、既成の関係を揺さぶる形を選びました。

その理由は様々ありますが、『その2』までで積み上げてきた既存の登場人物達と主人公の関係が好きで、それを1巻の文量で劇的に変えるのはちょっとな……と思ったこと。

そして、読者のみなさまにこの『ゆりたま』の世界がもっと自由で広がったものなのだと知って欲しい、と思ったこと――これが一番の理由です。

そもそも、本作の主人公『間四葉』は、余裕で二股しちゃうちょっと変わった女の子です。

既にお付き合いしている二人以外にも、姉妹や、もしかしたら友人達にも並々ならぬ感情を抱かせてしまう女の子なのです。

そんな彼女ですから、まさに空から降ってくるかのごとく、彼女を想う新たな登場人物が現れることもまた、必然なのです。

そういう意味で、『その3』からの登場となった小田真希奈は、手前味噌ではありますがとても面白い子になったなと思っています。

彼女は、7月にもかかわらず冷房がろくに効いていない喫茶店で編集さんと1時間ほど頭を捻った末に降りてきた、『国民的アイドルな幼馴染み』という声に出して読みたい日本語に入っていそうなワードから生まれました。

しかもおあつらえ向きに編集さんはオーバーラップ文庫にて様々なアイドルヒロインラブコメを担当されているとのこと。

「こりゃあ、『ゆりたま』もオーバーラップアイドルヒロイン部に殴り込むしかねぇぜ！」

頭の中で、さすらいの空手ファイター、ゆういちくん（趣味：道場破り）が叫びました。

あと、「椎名くろ先生（本作のイラストレーター様）の描くアイドル、見たくない？」という動機もありました。これが8割くらいを占めます。

実際、このタイミングで新しい子を出すことは、即ち既存ヒロインである『百瀬由那』、『合羽凛花』とバチバチにやり合ってもらう必要があるので——

「設定、盛っちった」

頭の中で、スクーター乗りの女の子、りんちゃん（趣味：キャンプ）が言いました。

そんなわけで、とても1巻じゃ書き切れない情報量とクソデカ感情を持った『小田真希奈』が生まれました。

そして、完結の可能性がありつつも、『ゆりたま』という広がっていく世界を楽しんでもらいたい、たくさんの女の子に囲まれて悲鳴を上げる『間四葉』の可能性を感じてもらいたい、と思い、本作をこのような形で纏めました。

読者のみなさまも、ぜひこの先の展開やＩＦストーリー的なアレコレを想像してくださると嬉しく思います。

もちろん続きが出せるのが一番ですので、応援くださるととても嬉しく思います。

家族や友達に勧めていただいたり、ＳＮＳや通販サイトでレビューをお寄せいただいたり、巻末記載のＷＥＢアンケートにご協力いただいたり……みなさまの応援ひとつひとつが続刊に繋がりますので、なにとぞよろしくお願いいたします！

続きが出せたら……そうだなぁ。

今回で「新しい登場人物を書くと、可愛いキャラデザがもらえる」という味を占めたので、次は一気に四人ぐらい出したいですね！　新学期ですし、必然必然。

あと、真希奈についてももっと魅力を引き出したいですし、真希奈に並々ならぬ感情を向ける謎の同僚や、何気に人気の高いみきちゃん先生も活躍させたいですし……夢は広がりますね。

というわけで、ページ調整のために沢山書かなくちゃいけなくなったこの『あとがき』も、このあたりで締めさせていただこうと思います。

最後になってしまいましたが、本巻、『百合(ゆり)の間に挟まれたわたしが、勢いで二股してしまった話 その3』をご購入いただき、誠にありがとうございました！

次は、幻の『その4』、『小金崎舞(こがねざきまい)、壊れる！（仮案）』でお会いしましょう！　サヨナラ！

作品のご感想、
ファンレターをお待ちしています

あて先

〒141-0031
東京都品川区西五反田 8-1-5 五反田光和ビル4階
オーバーラップ文庫編集部
「としぞう」先生係／「椎名くろ」先生係

PC、スマホからWEBアンケートに答えてゲット！

★この書籍で使用しているイラストの『無料壁紙』
★さらに図書カード（1000円分）を毎月10名に抽選でプレゼント！

▶https://over-lap.co.jp/824003607
二次元バーコードまたはURLより本書へのアンケートにご協力ください。
オーバーラップ文庫公式HPのトップページからもアクセスいただけます。
※スマートフォンと PC からのアクセスにのみ対応しております。
※サイトへのアクセスや登録時に発生する通信費等はご負担ください。
※中学生以下の方は保護者の方の了承を得てから回答してください。

オーバーラップ文庫公式 HP ▸ https://over-lap.co.jp/lnv/

百合の間に挟まれたわたしが、勢いで二股してしまった話　その3

発　　行　2022年12月25日　初版第一刷発行

著　　者　としぞう
発 行 者　永田勝治
発 行 所　株式会社オーバーラップ
〒141-0031　東京都品川区西五反田 8-1-5
校正・DTP　株式会社鷗来堂
印刷・製本　大日本印刷株式会社

©2022 toshizou
Printed in Japan　ISBN 978-4-8240-0360-7 C0193

※本書の内容を無断で複製・複写・放送・データ配信などをすることは、固くお断り致します。
※乱丁本・落丁本はお取り替え致します。下記カスタマーサポートセンターまでご連絡ください。
※定価はカバーに表示してあります。
オーバーラップ　カスタマーサポート
電話：03-6219-0850 ／ 受付時間 10:00～18:00（土日祝日をのぞく）

[同級生のアイドルはネトゲの嫁だった!? 悶絶必至の青春ラブコメ!]

ごく平凡な男子高校生の俺・綾小路和斗には嫁がいる――ただしネトゲの。今日もそんなネトゲの嫁とゲームをしていたら、『私、水樹凜香』ひょんなことから彼女が、憧れだった人気アイドルだと発覚し!?　クールでちょっと愛が重い『嫁』と過ごす青春ラブコメ!

著 あボーン　イラスト 館田ダン

シリーズ好評発売中!!

一生働きたくない俺が、クラスメイトの大人気アイドルに懐かれたら

第7回
オーバーラップ
WEB小説大賞
金賞

［同級生で大人気アイドルな彼女との、
むずむず&ドキドキ必至な半同棲ラブコメ。］

専業主夫を目指す高校生・志藤凛太郎はある日、同級生であり人気アイドルの乙咲玲が空腹で倒れかける場面に遭遇する。そんな玲を助け、手料理を振る舞ったところ、それから玲は凛太郎の家に押しかけるように!? 大人気アイドルとのドキドキ必至な半同棲ラブコメ。

著 岸本和葉　イラスト みわべさくら

シリーズ好評発売中!!

第10回 オーバーラップ文庫大賞
原稿募集中！

イラスト：冬ゆき

キミが物語の王様

【賞金】

大賞…300万円
（3巻刊行確約＋コミカライズ確約）

金賞……100万円
（3巻刊行確約）

銀賞……30万円
（2巻刊行確約）

佳作……10万円

【締め切り】

第1ターン 2022年6月末日

第2ターン 2022年12月末日

各ターンの締め切り後4ヶ月以内に佳作を発表。通期で佳作に選出された作品の中から、「大賞」、「金賞」、「銀賞」を選出します。

投稿はオンラインで！ 結果も評価シートもサイトをチェック！

https://over-lap.co.jp/bunko/award/

〈オーバーラップ文庫大賞オンライン〉

※最新情報および応募詳細については上記サイトをご覧ください。
※紙での応募受付は行っておりません。